세마리 토끼 잡는 독서 논술

C1

초3~초4

저자: 지에밥 창작연구소_

'지에밥'은 '찐 밥'이라는 뜻을 가진 순우리말로, 감주 · 막걸리 · 인절미 등 각종 음식의 재료를 뜻합니다.
'지에밥 창작연구소'는 차지고 윤기 나는 밥을 짓는 어머니의 정성처럼 좋은 내용으로 세상 모든 사람들에게
넉넉하게 쓰일 수 있는 지혜를 선물하고 싶습니다.

이 책을 쓴 지에밥 연구원들_

강영주(지에밥 창작연구소 소장, 빨간펜 논술, 기탄 국어 등 기획 개발), 김경선(동화작가 및 기획 편집자),
김혜란(동화작가, 아동문학가협회 회원), 왕입분(동화작가 및 기획 편집자), 우현옥(동화작가), 이현정(동화작가),
이혜수(기획 편집자), 이현정(동화작가 및 기획 편집자), 정성란(동화작가), 조은정(동화작가 및 기획 편집자),
최성옥(기획 편집자), 한현주(동화작가), 한화주(동화작가), 홍기운(동화작가 및 기획 편집자)

이 책을 감수한 선생님들_

권영민(서울대학교 국어국문학과 교수), 홍준의(서원대학교 과학교육과 교수),
김병구(숙명여자대학교 의사소통센터 교수), 문영진(전북대학교 국어교육과 교수), 조현일(원광대학교 국어교육과 교수),
김건우(대전대학교 국어국문학과 교수), 유호종(서울대학교 철학박사), 구자송(상암고등학교 국어 교사),
김영근(서울과학고등학교 국어 교사), 최영환(여의도고등학교 국어 교사), 구자관(한성과학고등학교 국어 교사),
윤성원(한성과학고등학교 국어 교사), 장원영(세화고등학교 역사 교사), 박영희(대왕중학교 과학 교사),
심선희(서울고등학교 과학 교사), 한문정(숙명여자고등학교 과학 교사)

세 마리 토끼 잡는 독서 논술 C1권

펴낸날 2022년 11월 25일 개정판 제9쇄
지은이 지에밥 창작연구소 | **연구원** 김지연, 조은정, 이자원, 차혜원, 박수희 | **펴낸이** 주민홍 | **펴낸곳** ㈜NE능률 | **디자인** framewalk | **삽화** 김석류(표지, 캐릭터) | **영업** 한기영, 이경구, 박인규, 정철교, 김남준, 이우현, 하진수 | **마케팅** 박혜선, 남경진, 이지원, 김여진 | **주소** 서울특별시 마포구 월드컵북로 396(상암동) 누리꿈스퀘어 비즈니스타워 10층(우편번호 03925) | **전화** (02)2014-7114 | **팩스** (02)3142-0356 | **홈페이지** www.nebooks.co.kr | **출판등록** 제1-68호 | **ISBN** 979-11-253-3087-5 | 979-11-253-3113-1 (set)

펴낸날 2012년 3월 1일 1판 1쇄
기획 개발 지에밥 창작연구소 | **디자인 기획 진행** 고정선 | **디자인** 유정아, 박지인, 이가영, 김지희 | **삽화** 오유선, 안준석, 정현정, 윤은하, 김민석, 윤찬진, 정효빈, 김승민

제조년월 2022년 11월 **제조사명** ㈜NE능률 **제조국** 대한민국 **사용 연령** 10~11세

하루하루 성장하는
내 아이의 모습을 확인하길 바라며

프랑스의 유명한 정신 분석학자이자 철학자인 라캉은 인간이 성장한다는 것은 '상징계'에 편입되는 것이라고 말했습니다. 그가 말한 상징계란 '언어를 매개로 소통하는 체계'를 의미하는데, 우리가 살아가는 세상 혹은 사회가 바로 그것입니다. 결국 한 아이가 태어나서 정신적으로 성장하는 아동기에서 가장 중요한 것은 언어로 소통하는 능력을 키우는 일입니다. 〈세 마리 토끼 잡는 독서 논술〉은 이와 같은 점에 주목하여 기획하고 구성하였습니다.

첫째, 문자 언어를 비롯하여 그림, 도표 등 다양한 상징체계를 이해하는 과정을 통해 통합적인 언어 이해력을 키울 수 있도록 하였습니다.

둘째, 텍스트 이해력뿐만 아니라 추론 능력, 구성(표현) 능력, 비판적 사고 능력 등을 통합적으로 길러서 여러 가지 문제를 해결하는 데 실질적으로 도움이 될 수 있도록 하였습니다.

셋째, 초등 교육과정의 핵심 내용과 밀접하게 연계되도록 설계하였습니다.

부모님보다 더 훌륭한 스승은 없습니다. 〈세 마리 토끼 잡는 독서 논술〉은 부모님 이외의 다른 어떤 선생님도 필요 없습니다. 이 학습 프로그램을 통해서 하루하루 성장하는 내 아이의 모습을 확인하는 기쁨을 누리시길 바랍니다.

세 마리 토끼잡는 독서논술 이란?

어떤 책인가요?

하나의 주제와 관련된 다양한 글(동화, 시, 수필, 만화, 논설문, 설명문, 전기문 등)을 읽고 통합 교과적인 문제를 풀면서 감각적 언어 능력(작품의 이해와 감상)과 논리적 이해 능력(비문학의 구조, 추론, 적용 등), 국어 지식(어휘, 문법 등), 사회와 과학 내용 등을 통합적으로 익히는 독서 논술 프로그램 학습지입니다.

몇 단계, 몇 권인가요?

〈세 마리 토끼 잡는 독서 논술〉은 다음과 같이 총 5단계, 25권입니다.

단계	P단계	A단계	B단계	C단계	D단계
대상 학년	유아~초등 1년	초등 1년~2년	초등 2년~3년	초등 3년~4년	초등 5년~6년
권 수	5권	5권	5권	5권	5권

세 마리 토끼란?

'독서', '사고', '통합 교과'의 세 가지 영역을 말합니다. 즉, 한 권의 독서 논술 책으로 다양한 장르의 글을 읽을 수 있고, 논술 문제를 풀면서 사고력을 기를 수 있으며, 초등학교 주요 교과 내용과 연계된 문제를 풀면서 통합 교과 학습을 할 수 있습니다.

독서
＊각 단계에 맞게 초등학교의 주요 교과 내용을 주제로 정함.
＊각 권의 주제와 관련된 글을 언어, 사회, 과학 등으로 나누어 읽을 수 있음.

사고
＊언어, 사회, 과학 등과 관련된 다양한 장르의 글을 읽고 논술 문제를 풀면서 생각하는 능력과 생각하는 폭을 확장할 수 있음.

통합 교과
＊다양한 장르의 글을 읽고 초등학교 국어, 사회, 과학 등의 학습 내용과 관련된 문제를 풀면서 통합 교과 학습을 할 수 있음.

하루에 세 장씩 꾸준히 학습하면 세 마리 토끼를 잡을 수 있어요.

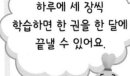
하루에 세 장씩 학습하면 한 권을 한 달에 끝낼 수 있어요.

세 마리 토끼잡는 독서논술 이런 점이 다릅니다

초등학교 교과 내용과 긴밀하게 연결되어 있습니다.

각 단계의 권별 내용과 문제는 그 단계에 맞는 학년의 주요 교과 내용과 긴밀하게 연결되어 교과 학습에 도움을 줍니다.

하나의 주제를 통합 교과적으로 접근합니다.

각 권마다 하나의 주제가 있고, 그 주제를 언어, 사회, 과학과 연결시켜서 사고를 확장할 수 있게 하였습니다. 그리고 여러 교과와 연계된 문제를 풀면서 통합 교과적인 사고를 할 수 있습니다.

다양한 서술·논술형 문제를 풀 수 있습니다.

매 페이지마다 통합 교과 논술 문제를 제시하여 생각하는 힘과 표현력을 키울 수 있는 것은 물론 학교 시험에서 강화되고 있는 서술·논술형 문제에 대비할 수 있습니다.

다양한 장르의 글을 접할 수 있습니다.

각 주제와 관련된 명작 동화, 창작 동화, 전래 동화, 설화, 설명문, 논설문, 수필, 시, 만화, 전기문 등 다양한 장르의 글을 읽으면서 각 장르의 특성을 체험하며 독서하는 습관을 기를 수 있습니다. 특히 현재 왕성하게 활동하고 있는 여러 동화 작가의 뛰어난 창작 동화가 20여 편 수록되어 있습니다.

수준 높은 그림을 많이 제시하여 흥미롭게 학습할 수 있습니다.

어린이들은 글과 그림이 조화를 이룬 책으로 공부할 때 학습 효과를 높일 수 있습니다. 또한 좋은 그림은 어린이들의 정서 발달에 도움을 줍니다. 이런 점을 생각하여 한 페이지를 넘길 때마다 수준 높은 그림을 제시하여 어린이들이 흥미롭게 학습할 수 있도록 하였습니다.

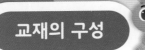

세마리 토끼잡는 독서논술은 이렇게 구성되었습니다

독서 전 활동 생각 열기

★ 한 주의 학습을 시작하기 전에 주제와 관련된 사진이나 그림을 보고, 앞으로 학습할 내용에 대해 흥미를 가질 수 있도록 하였습니다.

★ '생각 톡톡'의 문제를 풀면서 주제에 대한 자신의 경험이나 평소 생각을 돌이켜 보며 앞으로 학습할 내용을 짐작할 수 있도록 하였습니다.

★ 통합 교과 활동과 이어질 교과서의 연계 교과를 보며 교과 내용을 참고할 수 있도록 하였습니다.

독서 중 활동 깊고 넓게 생각하기

★ 한 권에 하나의 주제가 있고, 그 주제를 언어, 사회, 과학으로 나누어서 다양한 장르의 글을 읽으며 통합 교과 문제와 논술 문제를 풀 수 있도록 구성하였습니다.

★ 1주는 언어, 2주는 사회, 3주는 과학과 관련된 제재로 구성하였고, 4주는 초등 교과에서 다루고 있는 여러 가지 장르별 글쓰기(일기, 동시, 관찰 기록문, 기행문, 독서 감상문, 기사문, 논설문, 설명문, 희곡 등)와 명화 감상, 체험 학습 등의 통합 교과 활동으로 구성하였습니다.

독서 후 활동 생각 정리하기

되돌아봐요

★ 앞에서 읽은 글을 돌이켜 보면서 이야기의 흐름과 중심 생각을 파악하고, 더 나아가 자신의 생각을 발전시키는 문제를 풀 수 있도록 하였습니다. 이를 통해 한 주 동안 읽고 생각한 내용을 머릿속에서 차근차근 정리할 수 있습니다.

내가 할래요

★ 주제와 관련된 여러 가지 활동을 하며 한 주의 학습을 마무리할 수 있도록 하였습니다. 종이접기, 편지 쓰기, 그림 그리기 등 재미있는 활동을 하며 창의력과 상상력을 키울 수 있습니다.

★ 한 주의 학습이 끝난 다음 체크 리스트를 통해 학습한 주요 내용을 잘 이해하고 적용할 수 있는지 평가할 수 있습니다.

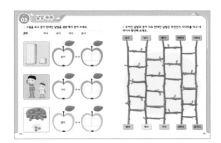

낱말 쏙쏙 (유아 P단계)

★ 한 주 동안 글을 읽으며 새로이 배운 낱말들을 그림과 더불어 살펴보고 익힐 수 있습니다.

궁금해요 (초등 A~D단계)

★ 한 주 동안 읽은 글이나 주제와 관련된 배경지식을 제공하여 앞에서 학습한 내용을 좀 더 깊이 이해할 수 있습니다.

세 마리 토끼잡는 독서논술 의 커리큘럼

단계	권	주제	제재			
			언어(1주)	사회(2주)	과학(3주)	통합 활동 장르별 글쓰기(4주)
P (유아 ~초1)	1	나의 몸 살피기	뾰족성의 거울 왕비	주먹이	구슬아, 어디로 가니?	몸 튼튼, 마음 튼튼
	2	예절 지키기	여우와 두루미	고양이가 달라졌어요	비비네 집으로 놀러 와!	안녕하세요?
	3	친구와 사귀기	하얀 토끼, 까만 토끼	오성과 한음	내 친구를 자랑합니다!	거꾸로 도깨비 나라
	4	상상의 즐거움	헤라클레스의 모험	용용 죽겠지?	나는야 좋은 바이러스	상상이 날개를 달았어요
	5	정리와 준비의 필요성	지우개야, 고마워!	소가 된 게으름뱅이	개미 때문에, 안 돼~!	색깔아, 모양아! 여기 모여라!
A (초1 ~초2)	1	스스로 하기	내가 해 볼래요!	탈무드로 알아보는 스스로 하는 힘	우리도 스스로 잘 살아요	일기를 써 봐요
	2	가족의 소중함	파랑새	곰이 된 아빠	동물들의 특별한 아기 기르기	편지를 써 봐요
	3	놀이의 즐거움	꼬부랑 할머니와 흰 눈썹 호랑이	한 번도 못 해 본 놀이	동물 친구들도 노는 게 좋대요	머리가 좋아지는 똑똑한 놀이
	4	계절의 멋	하늘 공주가 그린 사계절	눈의 여왕	나뭇잎을 관찰해요	동시를 써 봐요
	5	자연 보호	세모산 솔이	꿀벌 마야의 모험	파브르 곤충기 (송장벌레)	관찰 기록문을 써 봐요
B (초2 ~초3)	1	학교생활	사랑의 학교	섬마을 학교가 좋아졌어요	우리 반 사고뭉치 기동이	소개하는 글을 써 봐요
	2	호기심 과학	불개 이야기	시턴 "동물기" (위대한 통신 비둘기 아노스)	물을 훔쳐 간 범인을 찾아라!	안내하는 글을 써 봐요
	3	여행의 즐거움	하나의 빨간 모자	15소년 표류기	갯벌 탐사 여행	기행문을 써 봐요
	4	즐거운 책 읽기	행복한 왕자	멸치 대왕의 꿈	물의 여행	독서 감상문을 써 봐요
	5	박물관 나들이	민속 박물관에는 팡이가 산다	재미있는 세계 이야기 박물관	과학관으로 놀러 오세요	광고하는 글을 써 봐요

단계	권	주제	제재			
			언어(1주)	사회(2주)	과학(3주)	통합 활동 장르별 글쓰기(4주)
C (초3 ~초4)	1	교통의 발달	자동차의 왕, 헨리 포드	당나귀를 타려다가……	교통수단, 사람들 사이를 잇다	명화 속 교통수단
	2	날씨와 환경	그리스 로마 신화	북극 소년 피터	생활 속 과학	날씨와 생활
	3	나누며 사는 삶	마더 테레사	민들레 국숫집	지진과 화산	주장하는 글을 써 봐요
	4	지역의 자연환경	울산 바위의 유래	우리 마을이 최고야!	아름다운 우리 고장	우리 마을 지도를 그려 봐요
	5	지역의 문화	준치가 메기 된 날	강릉의 딸, 겨레의 어머니 신사임당	우리나라 풀꽃 이야기	지역 특산물을 소개해 봐요
D (초5 ~초6)	1	우리 역사	삼국유사	옛날 사람들은 어떻게 살았을까?	역사를 바꾼 겨레 과학	지붕 없는 박물관, 경주 역사 유적 지구
	2	문화재	반야산 불상의 전설	난중일기	우리 문화에 숨어 있는 과학	설명하는 글은 어떻게 쓸까요?
	3	경제생활	탈무드로 만나는 경제	나눔을 실천한 기업가 유일한	재미있는 확률 이야기	기사문은 어떻게 쓸까요?
	4	정보화 사회	컴퓨터 천재 빌 게이츠	봉수와 파발	컴퓨터와 인터넷 세상	연설문은 어떻게 쓸까요?
	5	세계와 우주	우주를 여행하는 과학자 스티븐 호킹	80일간의 세계 일주	별과 우주	희곡은 어떻게 쓸까요?

각 학년의 교과와
연계된 주제로 다양한 글을
읽을 수 있어요.

세 마리 토끼잡는 독서논술 이렇게 공부하세요

자신 있게 학습할 수 있는 단계를 선택하세요.

〈세 마리 토끼 잡는 독서 논술〉은 어린이 개인의 능력에 따라 단계를 선택하여 학습할 수 있는 교재입니다. 학년과 상관없이 자신이 자신 있게 학습할 수 있는 단계부터 선택하는 것이 중요합니다. 너무 어려운 단계나 너무 쉬운 단계를 선택하면 학습에 흥미를 잃을 수 있으므로 주의하세요.

한 주 동안 읽어야 할 독서 자료를 미리 읽으세요.

한 주 동안 읽어야 할 독서 자료를 미리 읽고 전체 내용을 파악한 다음, 매일 3장씩 읽고 문제를 푸는 것이 독서 학습을 하는 데 효과적입니다. 독서에는 흐름이 있습니다. 전체의 흐름을 미리 알고 세부적인 문제를 푸는 것이 사고력 확장에 도움이 됩니다.

매일 3장씩 꾸준히 공부하세요.

'가랑비에 옷이 젖는다.'라는 속담처럼 매일 꾸준히 3장씩 읽고, 생각하고, 표현하다 보면 독서, 사고, 통합 교과적 사고 능력이 성장한다는 것을 느낄 수 있을 것입니다. 그리고 매일 학습을 마친 뒤에는 '1일 학습 끝!' 붙임 딱지를 붙이면서 성취감을 느껴 보세요.

한 주 학습을 마친 후 자기 평가를 해 보세요.

한 주 학습이 끝난 다음에는 체크 리스트를 통해 학습한 내용을 얼마나 이해하고 적용할 수 있는지 스스로 평가해 보세요. 그래서 부족한 부분이 있다면 다시 한번 짚고 넘어가세요.

부모님과 깊이 있는 대화를 나누어 보세요.

한 주 동안 독서 자료를 읽고 문제를 풀면서 생각하고 표현해 보았다면, 그 주제에 대해 부모님과 이야기를 나누어 보세요. 주제에 대해 자신이 새롭게 알게 된 것이나 다르게 생각하게 된 것을 부모님과 이야기하다 보면 생각이 더욱 커진답니다.

한 주 학습표

일	월	화	수	목	금	토

★ 한 주 동안 읽어야 할 독서 자료 미리 읽기

★ 매일 3장씩 학습하기 → '1일 학습 끝!' 붙임 딱지 붙이기 → 한 주 학습이 끝나면 체크 리스트를 보며 평가하기

★ 부족한 부분 되짚기
★ 주요 내용 복습하기

세마리 토끼잡는 독서논술

C단계 1권

주제	주	제목	교과 연계 내용
교통의 발달	언어(1주)	자동차의 왕, 헨리 포드	[국어 3-2] 이야기의 흐름 파악하기 / 글을 읽고 인물의 말과 행동을 실감 나게 표현하기
			[국어 4-1] 시나 이야기를 읽고 생각이나 느낌 나누기
			[사회 3-1] 교통수단 및 통신 수단의 발달이 우리 생활에 미치는 영향 알기
			[사회 4-2] 촌락과 도시의 생활 모습 비교하기 / 촌락과 도시의 문제점과 해결 방안 탐색하기
	사회(2주)	당나귀를 타려다가……	[국어 4-2] 책을 읽고 자신의 생각이나 느낌이 잘 나타나도록 글쓰기
			[국어 5-1] 경험을 떠올리며 작품 감상하기
			[사회 3-2] 옛사람들의 생활 도구나 주거 형태 알기
			[사회 4-2] 시장을 중심으로 이루어지는 생산과 교환 알기 / 다른 문화에 대한 편견과 차별을 줄이는 방안 모색하기
	과학(3주)	교통수단, 사람들 사이를 잇다	[국어 5-1] 배경지식을 활용해 글 읽기
			[과학 4-2] 물의 상태 변화 알기 / 물의 이용 방법 알기
			[과학 5-1] 물질의 차갑거나 뜨거운 정도를 온도로 표현하기 / 온도에 따른 물질의 변화 알기
			[과학 6-1] 기체의 성질 알기
	통합 활동(4주)	명화 속 교통수단	[사회 3-2] 옛날과 오늘날의 생활 모습을 비교하며 변화 탐색하기 / 환경에 따른 삶의 모습 비교하기
			[사회 4-2] 사회 변화에 따른 일상생활의 모습 조사하기
			[미술 5~6] 다양한 대상을 관찰하고 다양한 재료로 표현하기 / 우리나라 미술과 다른 나라 미술의 문화적 특징 비교하며 감상하기

1주

자동차의 왕, 헨리 포드

생각톡톡 만약에 자동차가 없어진다면 어떻게 될지 보기 와 같이 상상하여 써 보세요.

보기 먼 곳까지 걸어가야 한다.

관련교과 [국어 3-2] 이야기의 흐름 파악하기 / 글을 읽고 인물의 말과 행동을 실감 나게 표현하기
[사회 3-1] 교통수단 및 통신 수단의 발달이 우리 생활에 미치는 영향 알기

자동차의 왕, 헨리 포드

헨리 포드는 미국 미시간주의 외딴 마을에서 태어났습니다.

마을에는 가게조차 없어 필요한 것은 무엇이든 직접 만들어야 했습니다. 아이들은 농장에서 일하는 부모님을 보며 자랐고, 자신들도 어른이 되면 같은 일을 해야 한다고 생각했습니다.

하지만 헨리는 농장 일보다 기계에 관심이 많았습니다. 다른 형제들이 부모님을 도와 농장 일을 할 때에도, 헨리의 관심은 오직 기계에 쏠려 있었습니다.

그러던 어느 날, 헨리는 마을 변두리*에 있는 대장간에서 대장장이 아저씨가 일하시는 모습을 보게 되었습니다. 헨리는 너무 흥미로워서 몇 시간째 그대로 지켜봤습니다. 이 모습을 흐뭇하게 바라보던 대장장이 아저씨가 헨리를 불렀습니다.

"이리 들어와서 한번 해 볼래?"

헨리는 대장간에 들어가 여러 가지 기구를 만져 보았습니다.

그날 이후, 헨리는 날마다 대장간을 놀이터 삼아 드나들었습니다. 그리고 어느새 간단한 농기구를 수리할 수 있게 되었습니다.

* 변두리: 어떤 지역의 가장자리가 되는 곳.

 **1. 다음 중 헨리 포드가 살던 마을에 대한 설명으로 알맞은 것에 ◯표 하세요.**

(1)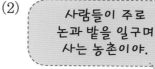
높은 건물, 많은 사람, 발달된 교통 시설 등이 있는 도시야.

(　　　)

(2)
사람들이 주로 논과 밭을 일구며 사는 농촌이야.

(　　　)

(3)
주변에 바다가 있고 사람들이 고기잡이를 주로 하는 어촌이야.

(　　　)

 2. 어린 시절의 헨리에 대한 설명으로 알맞은 것은 무엇인가요? (　　　)

① 기계에 관심이 많았다.

② 농장 일에 관심이 많았다.

③ 대장장이가 되는 꿈을 가지고 있었다.

④ 다른 형제와 함께 부모님을 열심히 도왔다.

3. 헨리는 대장간을 놀이터 삼아 드나들며 기계에 대한 관심을 키웠습니다. 여러분이 자주 가는 곳, 가면 기분이 좋아지는 곳은 어디인지 보기 와 같이 써 보세요.

> **보기** (1) 기분 좋아지는 곳: 꽃집
> (2) 그 이유: 예쁜 꽃을 보고 꽃향기를 맡으면 기분이 좋아지기 때문이다.

(1) 기분 좋아지는 곳: ....

(2) 그 이유: ....

....

　무더운 여름날, 헨리는 아버지를 따라 읍내에 갔습니다. 그때 헨리가 탄 마차 앞으로 차 한 대가 지나갔습니다. 말이 끌지 않고 엔진의 힘을 이용해 스스로 달리는 차, '자주차'였습니다.

　헨리는 아버지가 말릴 새도 없이 마차에서 뛰어내려, 자주차 운전사에게로 달려 갔습니다.

　"이 차는 어떻게 움직이나요? 얼마나 빨리 달릴 수 있지요? 이 차에 엔진이 달려 있지요? 엔진 속에는 무엇이 있어요?"

　헨리는 운전사가 대답할 틈도 주지 않고 질문을 쏟아 냈습니다. 친절한 운전사는 헨리의 질문에 하나하나 답해 주었습니다.

　마차처럼 생긴 몸체 위에 보일러를 얹고, 뒷바퀴와 엔진 사이를 사슬로 연결해 놓은 이 차는 단숨에 헨리의 마음을 사로잡았습니다.

　그 순간 헨리는 '길 위를 달리는 기계'를 만들기로 굳게 마음먹었습니다.

＊ **엔진**: 열에너지, 전기 에너지, 수력 에너지 따위를 기계적인 힘으로 바꾸는 장치.
＊ **단숨에**: 쉬지 아니하고 곧장.

1. 헨리가 자주차에 대해 궁금해한 점이 <u>아닌</u> 것은 어느 것인가요? (   )

① 어떻게 움직이나?

② 얼마나 빨리 달리나?

③ 한 대 가격은 얼마인가?

④ 엔진 속에는 무엇이 들어 있나?

2. 다음 중 자주차가 스스로 움직일 수 있는 이유로 알맞은 것에 ◯표 하세요.

(1)
마차처럼 생긴
몸체 덕분에

(   )

(2)
말이 끌어 주는
덕분에

(   )

(3)
엔진 덕분에

(   )

3. 헨리는 자주차를 보고, '길 위를 달리는 기계'를 만들기로 마음먹었습니다. 여러분의 장래 희망은 무엇이고 어떤 계기로 그러한 꿈을 갖게 되었는지 보기 와 같이 써 보세요.

보기 (1) 나의 꿈: 자연 요리 연구가

　　(2) 계기: 자연에서 얻은 재료로 요리를 하는 요리사 이야기를 텔레비전에서 보고 결심하게 되었다.

(1) 나의 꿈: ....

(2) 계기: ....

....

헨리는 늘 작은 부품을 주머니 가득 가지고 다녔습니다. 그리고 손에 닿는 것은 무엇이든 분해해 내부 구조를 익혔습니다. 그중에서도 시계는 헨리에게 장난감과 같았습니다.

어머니가 돌아가신 뒤, 마음을 잡지 못한 헨리는 마을에서 망가진 시계를 모아다가 밤새 고치고는 했습니다.

"겨우 망가진 시계나 들여다보는 게 네 꿈이냐?"

그 때문에 아버지께 꾸중을 듣는 일도 많았습니다.

열일곱 살이 되던 해에 헨리는 결국 집을 떠나기로 결심했습니다. 집을 떠나서 디트로이트에 있는 플라워 전기 회사에 들어갔습니다.

아침 일곱 시부터 저녁 여섯 시까지 회사에서 일하고, 저녁부터 밤 열한 시까지는 시계[*] 수리소에서 일했습니다. 일은 힘들었지만 기계에 대해 하나씩 배울 수 있어 행복했습니다.

일을 배운 지 3년쯤 지났을 때, 몸이 편찮으신 아버지를 대신해 삼림지[*]를 관리하기 위해 고향으로 돌아가게 되었습니다.

* **수리소**: 헐거나 고장 난 물건을 고쳐 주는 일을 전문적으로 하는 곳.
* **삼림지**: 나무가 많이 우거져 있는 땅.

1. 헨리가 주머니 속에 가득 가지고 다녔던 것에 ◯표 하세요.

(1)

(   )

(2)

(   )

(3)

(   )

2. 디트로이트로 간 헨리는 플라워 전기 회사에 취직을 했습니다. 이렇게 직업을 가지면 좋은 점으로 알맞지 <u>않은</u> 것은 무엇인가요? (   )

① 일을 통해 사회 발전에 기여할 수 있다.

② 일에 보람을 느껴 스스로 만족할 수 있다.

③ 직업이 없는 사람들에게 잘난 척을 할 수 있다.

④ 돈을 벌어서 살아가는 데 필요한 것을 살 수 있다.

3. 헨리는 아침부터 밤까지 일을 해야 했지만, 기계에 대해 배울 수 있어 행복했습니다. 몸은 피곤하고 힘든데 마음은 기뻤던 경험을 보기 와 같이 써 보세요.

보기 학교 체육 대회 때 열심히 응원을 하느라 목이 쉬고 팔이 아팠지만, 우리 팀이 이겨서 마음은 무척 기뻤다.

고향으로 돌아온 헨리는 농장을 관리하고 가족을 돌봤습니다.

빠른 속도로 발전하는 도시에 비해 농장의 발전은 더디기만[*] 했습니다. 그래서 헨리는 농장이야말로 기계가 필요한 곳이라고 생각했습니다.

틈나는 대로 작업실에서 농사용 기계를 연구했고, 마을 사람들이 고장 난 기계를 가져오면 곧잘[*] 고쳐 주었습니다. 그러나 헨리의 목표는 단 하나, 엔진 차를 만드는 것이었습니다.

클라라와 결혼한 헨리는 아버지에게 간곡히 말했습니다.

"기계로 움직이는 차를 제 손으로 꼭 만들고 싶습니다."

헨리가 고향에 머물러 주기를 바랐던 아버지도 더 이상 헨리를 막을 수는 없었습니다.

고향을 떠나 디트로이트에 도착한 헨리는 에디슨 전기 회사에 들어갔습니다. 워낙 기계를 잘 다뤘던 헨리는 짧은 시간에 실력을 인정받았습니다. 그리고 회사에서 가장 많은 월급을 받는 자리에 올랐습니다.

하지만 헨리는 그것에 만족하지 않았습니다.

※ **더디다**: 어떤 움직임이나 일에 걸리는 시간이 오래다.
※ **곧잘**: 제법 잘.

사회 탐구 1. 헨리가 고향(촌락)에서 한 일과 디트로이트(도시)에서 한 일은 각각 무엇인지 알맞게 연결하세요.

(1) 고향(촌락) •

(2) 디트로이트(도시) •

• ㉠ 전기 회사에서 기계와 관련된 일을 했다.

• ㉡ 농사를 짓는 땅과 농작물을 관리했다.

언어 2. 아버지가 농장을 떠나고자 하는 헨리를 더 이상 막을 수 없었던 가장 큰 이유는 무엇인가요? (   )

① 헨리의 목표와 결심이 확실해서
② 헨리가 농장 일을 잘하지 못해서
③ 헨리가 고집대로 하는 성격이라서
④ 헨리가 고향을 떠나는 것이 기뻐서

▲ 젊은 시절 헨리의 모습

논술 3. 실력을 인정받아 회사에서 가장 많은 월급을 받는 자리에 올랐을 때 헨리의 마음은 어땠을까요? 짐작하여 써 보세요.

에디슨 전기 회사

퇴근 후 집에 돌아가면 작업실에서 엔진 연구를 계속했습니다.

"여보, 하루 종일 일하고 들어와 피곤하지도 않으세요?"

아내가 걱정스럽게 물었습니다.

"피곤하기는커녕 재미있기만 한걸. 이제 곧 엔진 차가 완성될 거요."

그렇게 말하는 헨리의 눈과 얼굴은 환하게 빛났습니다.

1896년, 어두운 밤이었습니다.

"됐어! 성공이야. 내가 해냈어."

헨리의 작업실에서 *가솔린 자동차가 완성되었습니다. 헨리는 자전거 바퀴에 마차의 몸체를 얹고, 직접 만든 가솔린 엔진을 단 이 차에 '쿼드리사이클'이라는 이름을 붙였습니다.

헨리는 아내를 쿼드리사이클에 태웠습니다. 그런데 차가 너무 커서 작업실을 빠져나갈 수 없었습니다.

헨리는 망설임 없이 망치로 작업실의 문과 벽을 부수었습니다. 헨리의 꿈이 담긴 첫 번째 자동차가 디트로이트 거리에 첫발을 내딛게 된 것입니다.

※ **가솔린** : 석유의 휘발 성분을 이루는 무색의 투명한 액체.

사회 탐구 1. 쿼드리사이클과 같이 석유에서 나오는 휘발유로 움직이는 교통수단은 무엇인가요? (   )

▲ 쿼드리사이클

① 가마
② 인력거
③ 전기 자동차
④ 가솔린 자동차

언어 2. 헨리가 1896년에 만든 자동차에 대한 설명으로 알맞지 <u>않은</u> 것은 무엇인가요?
(   )

① 증기 엔진을 달았다.　　　　　② 자전거 바퀴를 사용했다.
③ 마차의 몸체를 사용했다.　　　④ '쿼드리사이클'이라고 불렀다.

논술 3. 쿼드리사이클이 작업실 문을 빠져나가지 못하자 헨리는 망설임 없이 작업실의 문과 벽을 부수었습니다. 여러분이 바로 옆에서 이 모습을 보았다면 헨리에게 무슨 말을 했을지 써 보세요.

어느 날, 헨리는 에디슨 전기 회사 간부[*] 회의에 참석했습니다. 그 자리에서 평소 존경하던 에디슨을 만났습니다.

에디슨은 헨리가 연구하는 차에 관해 물었습니다. 헨리는 열정을 가지고 자신의 연구에 대해 설명했습니다.

"자네가 연구하는 차는 모두가 원하는 것이야. 끝까지 포기하지 말게."

에디슨의 격려는 헨리의 열정[*]에 풀무질[*]을 한 것과 같았습니다.

한편 회사에서는 헨리가 자동차 연구에 빠져 있는 것을 못마땅하게 여기는 사람들이 있었습니다. 그래서 헨리를 불러 다음과 같은 제안을 했습니다.

"자네처럼 훌륭한 기술자가 왜 가솔린 자동차에 매달리는지 모르겠군. 자동차 연구를 포기하고 공장의 총책임자 자리를 맡아 줄 수 없겠나?"

총책임자가 되면 아주 많은 월급을 받을 수 있었습니다. 그러나 헨리는 그 제안을 거절하고 회사를 나왔습니다. 그의 꿈인 자동차를 포기할 수 없었기 때문입니다.

[*] **간부**: 기관이나 조직체 따위의 중심이 되는 자리에서 책임을 맡거나 지도하는 사람.
[*] **열정**: 어떤 일에 열렬한 애정을 가지고 열중하는 마음.
[*] **풀무질**: 풀무(불을 피울 때 바람을 일으키는 기구)로 바람을 일으키는 일.

사회 탐구 1. 아궁이에 불을 피울 때 불길이 잘 일어나도록 바람을 일으키는 기구인 '풀무'는 어느 것인지 ◯표 하세요.

(1)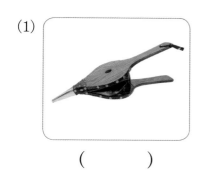

(   )

(2)

(   )

(3)

(   )

언어 2. 헨리가 자동차 연구에 빠져 있는 것을 못마땅하게 여기는 회사 사람들이 헨리에게 제안한 내용은 무엇인가요? (   )

① 가솔린 자동차를 팔라는 것
② 공장의 총책임자가 되어 달라는 것
③ 가솔린 자동차 기술을 알려 달라는 것
④ 직원들에게 자동차 운전 기술을 가르쳐 달라는 것

논술 3. 에디슨의 격려는 헨리가 열정을 가지고 자동차를 연구하는 데 큰 힘이 되었습니다. 여러분이 누군가로부터 격려를 받고 힘을 얻었던 경험을 보기 와 같이 한 문장으로 써 보세요.

보기 미술 시간에 선생님께 창의적인 그림을 그렸다고 칭찬을 받아서 더욱 열심히 그림을 그렸다.

헨리는 회사를 나온 뒤 자동차 연구에만 매달렸습니다. 연구하는 틈틈이 쿼드리 사이클을 알리기 위해 차를 몰고 시내로 나갔지만, 아쉽게도 사람들은 큰 관심을 보이지 않았습니다.

그 무렵 목재상 윌리엄 머피가 헨리를 찾아왔습니다.

"당신의 사업에 투자하고 싶소. 함께 자동차 회사를 만듭시다."

뜻을 같이한 두 사람은 다른 투자자들과 함께 '디트로이트 자동차 회사'를 설립했습니다.

하지만 회사 생활은 순탄치 않았습니다. 헨리의 고집이 대단했기 때문입니다. 헨리는 자신의 생각이 항상 옳다고 믿었기 때문에 사람들이 자기 의견에 따라 주기를 바랐습니다.

또한 헨리는 사업 경험이 없었기 때문에 경영을 제대로 하지 못했습니다. 그래서 회사는 늘 빚에 허덕였습니다.

결국 회사는 15개월 만에 문을 닫고 말았지요.

＊ **투자**: 이익을 얻기 위하여 어떤 일이나 사업에 돈을 대거나 시간이나 정성을 쏟음.
＊ **허덕이다**: 힘에 부쳐 쩔쩔매거나 괴로워하며 애쓰다.

사회탐구 1. 다음은 직업을 생산 활동의 성격에 따라 산업별로 구분한 것입니다. 자동차를 만들어 내는 일이 속하는 산업의 기호를 쓰세요.

㉠ 자연에서 필요한 것을 얻는 생산 활동
  : 농업, 임업, 어업
㉡ 생활에 필요한 것을 만들어 내는 생산 활동
  : 제조업, 건설업
㉢ 생활을 편리하고 즐겁게 해 주는 생산 활동
  : 서비스업

(   )

언어 2. 헨리가 디트로이트 자동차 회사에서 성공을 거두지 <u>못한</u> 이유를 두 가지 고르세요.

(   )

① 사업 경험이 부족했기 때문에
② 자신의 생각이 항상 옳다고 믿었기 때문에
③ 윌리엄 머피가 돈을 훔쳐 달아났기 때문에
④ 회사의 직원들이 열심히 일하지 않았기 때문에

 논술 3. 사람들이 항상 자신의 의견을 따라 주기를 바라는 헨리의 태도 때문에 회사는 결국 문을 닫게 되었습니다. 이러한 사실에서 배울 점은 무엇인지 써 보세요.

25

첫 번째 사업에 실패한 헨리는 새로운 도전을 준비했습니다. 그것은 경주용 자동차를 만드는 일이었습니다.

당시 미국과 유럽에서는 자동차 경주가 큰 인기를 끌고 있었어요. 헨리는 경주에서 우승하면 사람들의 관심을 끌 수 있을 뿐만 아니라, 성능이 뛰어난 차로 인정받을 수 있을 것이라고 생각했지요. 그래서 헨리는 직접 만든 경주용 자동차를 끌고 대회장으로 갔습니다.

대회에는 당시 가장 유명한 자동차 경주 선수인 윈턴이 출전했습니다. 사람들의 관심은 당연히 윈턴에게 쏠렸습니다.

그러나 헨리는 예상을 뒤엎고 대회에서 우승을 했습니다.

자동차 경주에서 우승한 것이 발판이 되어 헨리는 다시 자동차 사업을 시작했습니다. 많은 사람들의 투자를 받아 헨리는 '헨리 포드 회사'를 세웠습니다.

그러나 헨리는 4개월 만에 다시 회사를 나왔습니다. 투자자들과 의견이 맞지 않는 게 문제였습니다.

* **성능**: 기계 따위가 지닌 성질이나 기능.
* **출전**: 시합이나 경기 따위에 나감.
* **발판**: 다른 곳으로 나아가기 위하여 이용하는 수단을 비유적으로 이르는 말.

1. 헨리가 직접 만든 경주용 자동차를 끌고 자동차 경주에 참가한 이유를 두 가지 고르세요. (   )

① 성능이 뛰어난 차로 인정받으려고

② 우승하여 사람들의 관심을 끌려고

③ 유명한 자동차 경주 선수가 되려고

④ 자동차 경주에서 우승해 상금을 타려고

 2. 헨리처럼 회사를 세울 때 고려해야 할 점을 바르게 말한 친구를 모두 찾아 ◯표 하세요.

(1) 사회에 필요한 사업인지 살펴봐야 한단다.

(   )

(2) 사람들이 필요로 하는 것을 만드는지 살펴봐야 해.

(   )

(3) 사회에 기여하지 못해도 이윤만 많이 얻을 수 있으면 돼.

(   )

3. 어떤 일이나 연구에 돈을 대는 것을 '투자'라고 합니다. 여러분이라면 헨리의 자동차 사업에 투자를 할 것인지 안 할 것인지 보기 와 같이 써 보세요.

> **보기** 헨리는 뛰어난 자동차 기술을 가졌지만 첫 번째 회사에서 실패한 경험을 가지고 있다. 그렇기 때문에 또다시 실패할 수도 있다는 생각이 들어서 투자하지 않을 것이다.

회사를 경영하는 데 두 번이나 실패를 했지만, 헨리는 좌절하지 않았습니다. 차를 대량으로 생산하기 위해서는 설계부터 다시 시작해야 한다는 생각으로 연구에만 매달렸습니다.

그 무렵 석탄 상인 맬콤슨이 헨리를 찾아왔습니다. 맬콤슨은 자동차 사업에 관심을 보이며 그에게 투자를 약속했습니다. 마침내 1903년, '포드 자동차 회사'가 세워졌습니다.

그들은 맨 처음 생산한 자동차에 '모델 A'라는 이름을 붙였습니다. 모델 A가 완성된 뒤, 헨리는 곧 다음 모델을 개발하는 데 힘썼고, 맬콤슨은 회사 자금을 모으기 위해 열심히 뛰어다녔습니다.

두 사람의 노력 덕분에 회사는 천천히 자리를 잡았습니다. 하지만 자동차 한 대를 만드는 데 워낙 많은 비용이 들다 보니 생각만큼 큰 이윤을 남기지는 못했습니다.

어느 날, 맬콤슨은 더 많은 이윤을 남기기 위해서 부자들을 위한 값비싼 자동차를 만들자고 제안했습니다.

※ **좌절**: 마음이나 기운이 꺾임.
※ **이윤**: 장사 따위를 하여 남은 돈.

1. 초창기의 포드 자동차 회사에 대한 설명으로 알맞지 <u>않은</u> 것은 어느 것인가요?

(   )

① 맬콤슨은 회사 자금을 모으는 데 힘썼다.

② 헨리는 자동차 모델을 개발하는 데 힘썼다.

③ 회사 이름은 헨리 포드의 이름에서 딴 것이다.

④ 자동차를 팔수록 많은 이윤이 남아 큰 부자가 되었다.

1주 3일
학습 끝!

붙임 딱지 붙여요.

2. 헨리와 같이 자신의 능력과 관심을 살려 회사를 세우고, 새로운 물건이나 기술을 개발하여 이윤을 얻는 사람을 무엇이라고 하나요? (   )

①
의사

②
요리사

③
기업가

④
생산 근로자

3. 포드 자동차 회사에서 생산한 첫 번째 자동차 모델의 이름은 '모델 A'입니다. 여러분이라면 이 차에 어떤 이름을 붙였을지, 그 이유와 함께 써 보세요.

▲ 포드 자동차 회사에서 처음으로 만든 '모델 A'

(1) 이름: ....

(2) 이유: ....

29

포드 자동차 회사에서는 '모델 A'에 이어 모델 B, C, F, K를 차례로 내놓았습니다. 그중 '모델 K'는 값비싼 고급 자동차였지요. 그러나 이번에도 큰 이윤을 남기지 못했습니다. 결국 맬콤슨은 가지고 있던 주식을 헨리에게 팔고 회사를 떠났습니다.

자동차를 만들기 시작할 때부터 헨리의 꿈은 단 하나였습니다. 어느 정도의 월급을 받는 사람이라면 누구라도 살 수 있는 자동차를 만들겠다는 것이었습니다.

그는 좀 더 강하고, 가볍고, 빠른 차를 만들기 위해 연구를 거듭했고, 마침내 '포드 모델 T'를 완성했습니다. 사람들의 반응은 엄청났습니다. '포드 모델 T'를 사겠다는 주문을 처리하느라 우편 업무가 마비될 정도였지요.

어떤 사람들은 이 차를 싸구려 깡통 차라고 비난하기도 했습니다. 그러나 '포드 모델 T'가 미국 대륙 횡단* 자동차 경주에서 우승하자 비난은 사라졌고, 판매량은 더욱더 증가했습니다.

＊ **횡단**: 대륙이나 대양 따위를 동서의 방향으로 가로 건넘.

 **사회 탐구** 1. 다음에서 설명하는 '이것'은 무엇인지 이 글에서 찾아 쓰세요.

> • 기업은 상품을 만들어 팔거나 서비스를 제공하여 '이것'을 얻는다.
> • 기업이 생산 활동을 하는 목적은 '이것'을 남기기 위한 것이므로, 기업은 더 많은 '이것'을 얻기 위하여 다양한 노력을 한다.
> • 포드 자동차 회사도 '포드 모델 T'를 만들기 전에는 '이것'을 많이 남기지 못했다.

( )

언어 2. '포드 모델 T'에 대한 설명으로 알맞지 <u>않은</u> 것은 무엇인가요? ( )

① 부자들을 위한 고급 자동차였다.
② 싸구려 깡통 차라는 비난을 받기도 했다.
③ 미국 대륙 횡단 자동차 경주에서 우승했다.
④ 우편 업무가 마비될 정도로 주문이 밀려들었다.

◀ 포드 모델 T

논술 3. 헨리는 더 강하고, 가볍고, 빠른 차를 만들기 위해 연구를 계속했습니다. 여러분이 자동차를 생산하는 사람이라면 어떤 자동차를 만들고 싶은지 보기 와 같이 써 보세요.

> 보기 몸이 불편한 장애인도 쉽고 편리하게 운전할 수 있는 안전한 자동차를 만들고 싶다.

31

헨리는 부자들만 자동차를 타서는 안 된다고 생각했습니다. 자동차처럼 편리한 물건은 모든 사람이 함께 누려야 한다고 믿었지요.

헨리는 '포드 모델 T'의 가격을 더 낮추기 위해 고민했습니다. 주문이 밀려들자 그 고민은 더욱 깊어졌습니다.

어느 날, 시카고 거리를 걷던 헨리는 우연히 푸줏간의 작업장을 볼 기회가 있었습니다. 소 한 마리가 여러 사람의 손을 거쳐 부위별로 나누어졌는데, 작업하는 사람들은 한 자리에 서서 일하고 소를 실은 수레만 이동했습니다.

"바로 이거야! 사람들이 아니라 부품이 이동하게 하는 거야."

헨리는 직원들의 허리 높이에 맞추어 작업대를 설치한 다음, 작업대 위로 부품이 자동으로 지나가도록 했습니다. 직원들은 이리저리 돌아다니지 않고, 부품이 자기 앞에 오기를 기다렸다가 자신이 맡은 작업을 처리할 수 있게 되었습니다.

이러한 벨트 컨베이어 시스템 덕분에 대량 생산이 가능해졌습니다.

※ **푸줏간**: 예전에, 쇠고기나 돼지고기 따위의 고기를 끊어 팔던 가게. 오늘날의 정육점과 같은 곳.
※ **컨베이어**: 물건을 연속적으로 이동·운반하는 띠 모양의 운반 장치. 벨트식, 체인식 따위가 있음.

1. 헨리는 무엇을 보고 벨트 컨베이어 시스템의 아이디어를 얻었나요? (   )

① 농장에서 소를 기르는 모습을 보고
② 푸줏간에서 소를 손질하는 모습을 보고
③ 시카고 거리를 지나가는 소 한 마리를 보고
④ 음식점에서 쇠고기를 요리하는 모습을 보고

▲ 1913년 벨트 컨베이어에서 자동차 부품을 조립하는 모습

2. 벨트 컨베이어 시스템에 대한 설명으로 알맞은 것은 어느 것인가요? (   )

①
바퀴를 달아서 굴러가게 만든 기구

②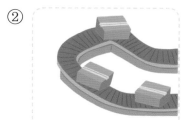
두 개의 바퀴에 벨트를 걸어 물건을 연속적으로 운반하는 장치

③
차 앞의 길쭉한 철판을 위아래로 움직여 짐을 나르는 차

3. 편리한 물건은 모든 사람이 함께 누려야 한다고 생각한 헨리는 '포드 모델 T'의 가격을 낮추는 방법을 찾았습니다. 이를 참고하여 여러분이 생각하는 훌륭한 기업가란 어떤 사람인지 써 보세요.

대량 생산 방식을 도입한 이후 '포드 모델 T'의 판매 가격은 260달러까지 낮아졌습니다. 이것은 다른 회사 자동차 가격의 10분의 1에 해당하는 것이었습니다. '포드 모델 T'는 가격과 성능 등 모든 면에서 사람들을 만족시켰습니다.

헨리는 자신에게 성공을 가져다준 직원들의 수고도 잊지 않았습니다. 월급을 두 배로 올려 주고, 하루에 8시간만 일하도록 했습니다. 그 결과 우수한 인재들이 포드 자동차 회사에서 일하겠다고 찾아왔습니다.

점점 더 많은 미국인들이 '포드 모델 T'를 샀고, 헨리는 세계에서 손꼽히는 부자가 되었습니다. 1927년까지 '포드 모델 T'는 무려 1,500만 대 이상 팔려 나갔습니다.

대량 생산 방식으로 만들어진 첫 번째 모델인 '포드 모델 T'는 바퀴 위에 세계를 올려놓은 자동차가 되었습니다. 그래서 이 자동차는 세계 자동차 역사의 한 페이지를 장식하게 되었습니다.

※ **인재**: 어떤 일을 할 수 있는 학식이나 능력을 갖춘 사람.

1. 헨리가 직원들을 위해서 한 일을 두 가지만 고르세요.

(   )

① 월급을 두 배로 올려 주었다.
② 하루에 8시간만 일하도록 했다.
③ 자동차를 한 대씩 나누어 주었다.
④ 포드 모델 T의 제작 기술을 가르쳐 주었다.

▲ 1934년 헨리의 모습

1주 4일
학습 끝!

붙임 딱지 붙여요.

 2. 다음 중 '바퀴 위에 세계를 올려놓은 자동차'의 뜻을 바르게 이해한 친구는 누구인가요? (   )

① 바퀴에 세계 지도를 새겼다는 뜻이야.

② 다른 자동차에 비해 바퀴가 큰 자동차라는 뜻이야.

③ 세계적으로 인기를 얻을 만큼 많이 팔렸다는 뜻이야.

 3. 헨리 포드는 평생을 자동차를 연구하는 데 헌신했습니다. 그래서 사람들은 그에게 '자동차의 왕, 자동차의 황제'라는 별명을 붙여 주었습니다. 헨리에게 알맞은 별명을 새로 지어 보고, 그렇게 지은 이유도 써 보세요.

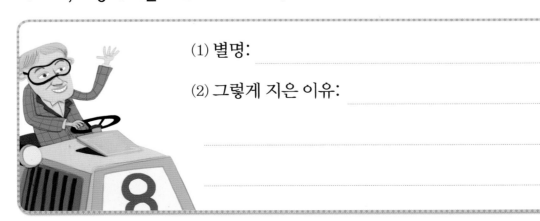

(1) 별명:

(2) 그렇게 지은 이유:

1 다음의 여러 모습들 중에서 어린 시절 헨리 포드의 모습으로 알맞은 것에 모두 ○표 하세요.

(1)
(   )

(2)
(   )

(3)
(   )

(4)
(   )

(5)
(   )

(6)
(   )

2 다음은 헨리 포드가 한 일입니다. 자동차 모양의 빈칸에 일이 일어난 순서대로 번호를 각각 써 보세요.

(1) 에디슨 전기 회사에 들어갔어요. 회사 일이 끝나면 집에서 밤늦게까지 자동차 연구에 매달렸지요.

(2) 가솔린 자동차를 만든 날, 아내를 태우고 밖으로 나가기 위해 작업실 벽을 부수었어요.

(3) '포드 모델 T'를 대량으로 생산하기 위해 벨트 컨베이어 시스템을 만들었어요.

(4) 맬콤슨과 포드 자동차 회사를 세우고, 첫 번째 자동차인 '모델 A'를 생산했어요.

(5) 평소 존경했던 에디슨을 만나, 자기가 연구하는 자동차에 관해 이야기를 나누었어요.

(6) 기계에 대해 더 많은 것을 배우기 위해 디트로이트로 가서 플라워 전기 회사에 들어갔어요.

3 헨리 포드는 한 가지 꿈을 향해 달렸습니다. 꿈을 이루기 위해 노력한 헨리 포드를 보고 느낀 점을 보기 와 같이 써 보세요.

헨리 포드의 모습	느낀 점
가솔린 자동차를 운전해 보기 위해 작업실 벽을 부수고 밖으로 나갔어요.	보기 첫 번째 자동차를 완성한 기쁨에 작업실 벽까지 망치로 부수다니, 자동차를 얼마나 좋아하는지 그 마음을 알 것 같다.
공장 총책임자 자리를 제안받았지만, 자동차 개발의 꿈을 포기할 수 없었어요.	(1)
자신이 만든 자동차를 사람들에게 알리기 위해 직접 자동차 경주에 참가했어요.	(2)
포드 모델 T를 더 싸게 많이 만들기 위해 고민 끝에 대량 생산 방법을 생각했어요.	(3)

자동차의 도시, 디트로이트로 떠나요!

디트로이트

디트로이트는 미국 미시간주의 최대 도시로서, '자동차의 도시'라는 별명을 가지고 있습니다. 포드 자동차 회사를 비롯해 크라이슬러, 제너럴 모터스 등 세계적인 자동차 회사가 바로 이곳에 자리 잡고 있기 때문이지요.

디트로이트는 미국의 오대호라는 호수 가까이에 있어서 수상 교통이 발달했습니다. 이 덕분에 기계와 선박 제조업이 발달

▲ 디트로이트의 전경

할 수 있었지요. 1903년에 헨리 포드가 이곳에 자동차 공장을 세운 뒤, 디트로이트는 세계적인 공업 도시로 빠르게 성장할 수 있었답니다.

▲ 헨리 포드 박물관

헨리 포드 박물관

헨리 포드 박물관은 디트로이트의 위성 도시인 디어본에 있습니다. 헨리 포드가 1929년 학생들의 학습과 학자들의 연구를 돕기 위해 지었으며, 1932년부터는 일반인들에게도 공개되었습니다.

헨리 포드가 처음 만든 차를 비롯하여 옛 자동차 모델들을 전시하고 있습니다. 200대가 넘는 자동차와 19세기에서 20세기에 사용했던 전기 제품, 가정용품, 가구와 악기 등이 전시되어 있으며, 역대 미국 대통령의 전용 자동차인 링컨 리무진도 볼 수 있습니다.

헨리 포드 저택

▲ 헨리 포드 저택

1914년에 지어진 헨리 포드의 집은 과학자 에디슨, 최초로 대서양 횡단 비행에 성공한 조종사 린드버그, 후버 미국 대통령 등 유명 인사들의 회의 장소로 사용되기도 하였습니다. 대리석과 밤나무로 지은 이 집에는 방이 56개나 된다고 하네요.

포드 재단

포드 재단은 헨리 포드와 그의 아들 에드셀 포드의 재산으로 만들어진 공익 재단입니다. 1936년 처음 설립되었을 때에는 미국의 미시간주를 중심으로 활동하는 자선 단체였지만, 1950년 이후에는 활동 범위를 미국과 해외로 넓혀, 국제적인 재단이 되었지요. 포드 재단은 가난한 나라의 식량 부족 문제와 환경 문제 등에 관심을 갖고 활동하고 있으며, 특히 예술 활동을 지원하는 일도 하고 있습니다.

▲ 헨리 포드

✎ 사회적으로 성공을 거둔 기업은 이익을 사회에 되돌려 주기 위해 여러 가지 자선 활동을 합니다. 여러분이 큰 기업을 경영한다면 어떤 자선 활동을 하고 싶은지 보기 와 같이 써 보세요.

보기 버려진 개와 다친 동물을 돌보는 일을 하고 싶다.

내가 할래요

내가 타고 싶은 자동차

헨리 포드의 '포드 모델 T'는 세계적으로 큰 인기를 누렸습니다. 그러나 한 가지 모델을 너무 오래 고집한 결과, 나중에는 더 멋진 디자인을 선보인 다른 회사의 자동차에 밀리고 말았지요. 이렇게 디자인은 자동차를 만들 때 매우 중요한 요소입니다. 여러분이 타고 싶은 자동차를 보기 와 같이 디자인해 보고 그 특징도 써 보세요.

보기

• 특징: 태양 에너지를 이용한 자동차로, 하늘을 날 수 있고 바다와 육지에서도 달릴 수 있다.

확인할 내용	잘함	보통임	부족함
1. 이번 주 학습을 5일(월요일~금요일) 안에 끝마쳤나요?			
2. 헨리 포드의 생애를 잘 이해했나요?			
3. 자동차의 특징을 잘 알아보았나요?			
4. 좋은 자동차를 만드는 방법을 생각해 보았나요?			

1주 5일
학습 끝!

붙임 딱지 붙여요.

• 특징: _____

_____

2주

당나귀를
타려다가……

생각톡톡 만약 승용차나 버스, 기차, 비행기, 자전거, 배 등과 같은 교통수단이 없다면
서울에서 부산까지 어떻게 갈지 써 보세요.

관련교과 [국어 5-1] 경험을 떠올리며 작품 감상하기
[사회 4-2] 시장을 중심으로 이루어지는 생산과 교환 알기 / 다른 문화에 대한 편견과 차별을 줄이는 방안 모색하기

당나귀를 타려다가……

옛날 아주 먼 옛날, 깊고 깊은 산골에 늙은 부부가 살았습니다. 늙은 부부가 사는 곳은 아주 깊은 골짜기라 사람의 흔적이라고는 찾아보기 힘들고, 이웃 마을과 왕래도 거의 없었습니다.

누가 세상을 떠났다는 소식을 듣고 달려가면 벌써 상여가 나간 다음이요, 고뿔이라도 걸려 의원을 모셔 오면 고뿔이 벌써 다 나은 다음이었습니다. 어디든 한번 가려면, 골짜기 몇 개를 넘어야 하고 몇 날 며칠을 걸어야 했습니다.

더구나 늙은 부부는 나이가 들면서 힘든 일을 하기가 점점 버거워졌습니다. 가마솥이라도 하나 나르려면 둘이서 하루 종일 끙끙대야 했고, 나뭇단 한 짐을 나르기 위해 몇 번씩이나 뒷산을 오르내려야 했으니까요.

"아이고, 허리야. 이걸 한꺼번에 옮길 수 있으면 얼마나 좋을까?"

늙은 부부는 산더미처럼 쌓인 나뭇단을 보며 땅이 꺼져라 한숨을 쉬곤 했습니다.

* **상여**: 죽은 사람의 관을 실어 나르는 가마.
* **고뿔**: 감기를 일상적으로 이르는 말.
* **의원**: 의술을 직업으로 삼은 사람을 통틀어 이르는 말.

연어 1. 다음 밑줄 친 낱말과 바꾸어 쓸 수 있는 낱말은 어느 것인가요? (　　　　)

고뿔이라도 걸려 의원을 모셔 오면 고뿔이 벌써 다 나은 다음이었습니다.

① 고삐 　　　　　② 감기 　　　　　③ 사슴뿔 　　　　　④ 고등어

과학
탐구 2. 늙은 부부는 하루 종일 나뭇단을 날랐습니다. 다음 중 나무에 대한 설명으로 맞으면 ◯표, 틀리면 ✕표 하세요.

(1) 나무는 뿌리, 줄기, 잎으로 나뉜다. 　　　　　　　　　　(　　　)
(2) 뿌리는 산소를 흡수하는 일을 한다. 　　　　　　　　　(　　　)
(3) 우리가 먹는 과일은 나무의 줄기 부분이다. 　　　　　(　　　)
(4) 나무의 잎은 넓고 둥근 모양도 있고, 좁고 가는 모양도 있다. 　(　　　)

논술 3. 늙은 부부가 겪고 있는 다음의 어려움을 해결할 수 있는 좋은 방법을 생각해서 써 보세요.

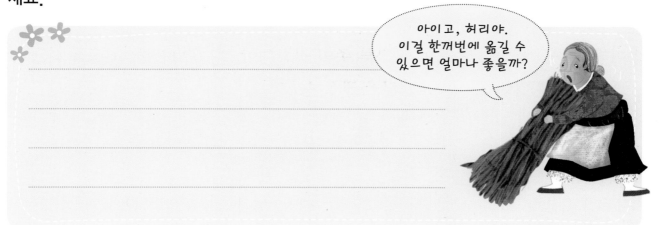

아이고, 허리야.
이걸 한꺼번에 옮길 수 있으면 얼마나 좋을까?

그러던 어느 날 밤이었습니다.

"히이이잉! 히잉, 힝."

바깥에서 짐승 울음소리가 들리더니, *인기척이 났습니다.

"여보시오, 안에 누가 계십니까?"

늙은 부부는 오랜만에 들어 보는 사람 소리에 얼른 나가 보았습니다.

"한양에 가는 길인데, 날이 저물고 말았습니다. 하룻밤 묵어갈 수 있을까요?"

낯선 선비가 *난생 처음 보는 짐승의 등에서 내리며 물었습니다. 짐승의 등에는 선비의 짐도 잔뜩 실려 있었습니다.

"그럼요, 얼마든지 묵어가구려."

부부는 짐승한테서 눈을 떼지 못한 채 대답했습니다.

"당나귀를 처음 보나 봅니다. 아주 쓸모 있는 녀석이지요. 무거운 짐도 척척 나르고, 이 녀석만 있으면 어디든 갈 수 있거든요."

선비의 말을 듣자 늙은 부부는 더욱 입을 다물지 못했습니다.

"거참, 신기한 짐승일세!"

* 인기척: 사람이 있음을 알 수 있게 하는 소리나 기색.
* 난생: 세상에 태어나서 이제까지.

언어 1. 다음 밑줄 친 말과 바꾸어 쓸 수 있는 말은 어느 것인가요? (   )

> 하룻밤 <u>묵어갈</u> 수 있을까요?

① 오갈   ② 돌아갈   ③ 먹고 갈   ④ 자고 갈

 과학 탐구 2. 다음 동물 중 당나귀는 어느 것인가요? (   )

①

②

③

④

 논술 3. 선비의 말로 미루어 보아 당나귀가 주로 하는 일은 무엇인지 짧게 써 보세요.

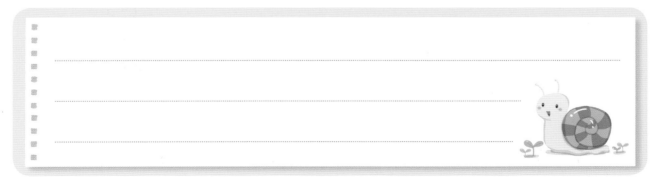

그날 밤, 늙은 부부는 잠자리에 누워서 똑같은 생각을 했습니다.

'당나귀 한 마리만 있으면 얼마나 좋을까?'

'당나귀가 무거운 짐도 실어 나르고, 당나귀를 타고 산 너머 마을에도 가면 얼마나 좋을까?'

다음 날 늙은 부부는 선비에게 조심스레 말했습니다.

"이보시오, 이 당나귀를 우리한테 팔면 안 되겠소?"

선비는 떠날 채비를 하며 고개를 절레절레 저었습니다.

"저도 먼 길을 가야 해서 당나귀를 팔 수 없군요."

늙은 부부는 코가 쑥 빠져서 한숨을 쉬었습니다. 늙은 부부의 실망한 얼굴을 보고는 선비가 다독이며 말했습니다.

"장터에 가면 당나귀를 살 수 있답니다. 그러니 너무 실망하지 마세요."

그렇게 말한 선비는 서둘러 늙은 부부의 집을 나섰습니다.

※ **채비**: 어떤 일을 하기 위하여 필요한 물건, 자세 따위가 미리 갖추어짐. 또는 그 물건이나 자세.
※ **다독이다**: 남의 약한 점을 따뜻이 어루만져 감싸고 달래다.

언어

1. 다음 밑줄 친 말과 바꾸어 쓸 수 있는 말은 무엇인가요? (   )

늙은 부부는 <u>코가 쑥 빠져서</u> 한숨을 쉬었습니다.

① 콧물을 흘리며   ② 몹시 실망하며
③ 코를 쑥 내밀며   ④ 기대에 찬 얼굴로

 사회 탐구

2. 선비가 늙은 부부에게 당나귀를 사라고 한 곳에서 볼 수 있는 모습은 어느 것인가요? (   )

①

②

③

논술

3. 선비는 늙은 부부에게 장터에 가면 당나귀를 살 수 있다고 말하였습니다. 이 말을 들은 늙은 부부가 어떤 생각을 했을지 상상해서 써 보세요.

49

장터에 가면 당나귀를 살 수 있다는 말에 늙은 영감은 곧장 장터로 길을 떠났습니다.

그러나 장터는 멀어도 너무 멀었습니다. 고불고불한 산길을 온종일 걷고, 다음 날은 구불구불한 고갯길을 온종일 걸었습니다. 하지만 장터는 보이지 않았습니다.

"아이고, 한 고개 넘으면 또 한 고개가 나오네. 이 먼 길을 언제 다 가려나⋯⋯."

영감은 줄줄 흐르는 땀을 닦으며 겨우겨우 산을 넘었습니다.

마침내 마지막 산을 넘었을 때 영감은 저도 모르게 만세를 불렀습니다.

"만세! 아이고, 마지막 고개를 넘다 숨넘어가는 줄 알았네!"

그런데 기뻐하는 것도 잠시, 마지막 고개를 넘자마자 영감은 그 자리에 털썩 주저앉고 말았습니다.

"저, 저, 저리 큰 강이!"

산 아래에는 큰 강이 시원스레 흐르고 있었습니다.

※ **털썩**: 갑자기 힘없이 주저앉거나 쓰러지는 소리. 또는 그 모양.

언어

1. 다음 밑줄 친 낱말을 소리 나는 대로 읽은 것은 무엇인가요? (   )

> 흐르는 땀을 <u>닦으며</u> 겨우겨우 산을 넘었습니다.

① [닦으며]   ② [다끄며]   ③ [따끄며]   ④ [닥끄며]

 과학 탐구

2. 이 이야기에 나온 '강'과 가장 가까운 그림을 찾아보세요. (   )

①    ②    ③    ④

 논술

3. 마지막 고개를 넘은 영감님은 왜 바닥에 주저앉았나요? 다음 친구의 생각을 듣고 여러분의 생각을 써 보세요.

> 그야 생전 처음 강을 봐서지.
> 깊고 깊은 산속에서 살았으니,
> 강을 말로만 들었지 본 것은
> 처음이었을 거야.

영감은 강둑에 앉아 멍하니 강물만 바라보았습니다.

"휴우, 이를 어쩐다?"

한눈에 보아도 강은 꽤 깊고 넓어 보였습니다.

"허, 저기까지 어떻게 헤엄을 쳐서 가나?"

한참을 고민하던 영감은 바지를 천천히 걷고 강물에 슬쩍 들어갔습니다. 하지만 생각보다 깊은 물에 깜짝 놀라 후다닥 둑으로 올라섰습니다.

"이대로 돌아가란 말인가? 이제 당나귀를 사러 갈 수 없단 말인가?"

영감이 눈물을 뚝뚝 흘리며 돌아서려 할 때였습니다. 강 저쪽에서 무언가가 스윽 스윽 물을 가르며 다가오고 있었습니다.

"영감님, 강을 건너실 건가요?"

강 건너에 있던 사공이 영감을 보고서 나룻배를 저어 온 것이었습니다.

"어이쿠, 그게 뭔가? 그걸 타면 강을 건널 수 있는가?"

나룻배를 처음 본 영감이 깜짝 놀라며 물었습니다.

※ **사공**: 배를 부리는 일을 직업으로 하는 사람.
※ **나룻배**: 나루와 나루 사이를 오가며 사람이나 짐 따위를 실어 나르는 작은 배.

1. 다음 영감님의 말에서 밑줄 친 부분이 공통적으로 가리키는
것은 무엇인가요? (　　)

① 둑　　　　　　　② 사공
③ 나룻배　　　　　④ 당나귀

어이쿠, <u>그게</u> 뭔가?
<u>그걸</u> 타면 강을 건널 수
있는가?

 2. 다음 중 나룻배의 역할을 바르게 설명한 것은 어느 것인가요? (　　)

① 강 건너에 사는 사람들을 육지로 건네준다.
② 거동이 불편한 사람들을 어디든지 이동시켜 준다.
③ 넓고 깊은 바다에서 사람들이 고기를 잡을 때 이용한다.
④ 사람들을 바다 건너에 있는 먼 이웃 나라까지 태워다 준다.

 3. 나룻배 말고 강을 건널 수 있는 방법을 보기 와 같이 써 보세요.

보기 수영을 해서 강을 건넌다.

사공은 안타깝다는 듯 혀를 차며 되물었습니다.

"물론이지요. 이건 배라는 건데, 한 번도 본 적이 없소?"

영감은 고개를 끄덕이며 사공에게 여기까지 오게 된 [*]사연을 들려주었습니다.

"그래서 장터에 당나귀를 사러 가는 길이라네."

사공은 나룻배에 영감을 태웠습니다. 나룻배는 천천히 물살을 가르며 강을 가로질렀습니다. 영감은 강을 건너는 내내 나룻배에서 눈을 떼지 못했습니다.

"거참 신기한 물건일세……."

영감은 당나귀 대신 배를 사면 어떨까 생각했습니다. 영감의 생각을 눈치챈 사공이 얼른 말렸습니다.

"배는 강을 건너는 데에만 필요하니, 여러모로 쓸모가 있는 당나귀를 사시는 게 좋겠소."

"아, 그런가?"

영감은 사공에게 고맙다고 거듭거듭 인사를 하였습니다.

※ **사연**: 일의 앞뒤 사정과 까닭.
※ **눈치채다**: 어떤 상황이나 남의 마음을 그때그때 상황을 미루어 알아내다.

언어 1. 다음 사공의 말에서 밑줄 친 것에 대한 설명으로 적절하지 <u>않은</u> 것을 두 가지 고르세요. (   )

① 밭을 가는 데 이용할 수 있다.

② 강을 건너는 데 이용할 수 있다.

③ 육지에서 짐을 실어 나를 수 있다.

④ 육지에서 사람을 태우고 다닐 수 있다.

> 배는 강을 건너는 데만 필요하니, 여러모로 <u>쓸모가 있는 당나귀</u>를 사시는 게 좋겠소.

언어 2. 두 낱말 사이의 관계가 **보기** 와 <u>다른</u> 것은 어느 것인가요? (   )

보기 나룻배-사공

① 말-기수   ② 기차-기관사

③ 비행기-승무원   ④ 우주선-우주 비행사

논술 3. 나룻배는 배의 종류 중 하나입니다. 배의 종류를 두 가지 이상 찾아보고, 그 배가 하는 일을 **보기** 와 같이 써 보세요.

보기 유람선: 배를 타고 구경하는 사람들을 태우는 배이다.

강을 건넌 영감은 물어물어 장터에 도착했습니다.

"엿 사세요! 엿!"

"중국에서 들어온 옷감 있어요."

"따끈한 국밥 드시고 가세요."

잘강잘강 엿장수의 가위 소리가 온 장터에 울려 퍼졌습니다. 알록달록한 옷감을 파는 사람도 있고, 따끈따끈한 국밥을 파는 곳도 있었습니다.

산골에서만 살아 장터를 처음 본 *시골뜨기 영감은 눈이 휘둥그레졌습니다. 보는 것마다 신기해 고개를 어디로 돌려야 할지 몰랐습니다.

"허허, 이곳이 장터라는 곳이구먼. 사람이 많기도 하지."

그때 여기저기서 당나귀 울음소리가 들렸습니다.

"히잉, 히이잉, 힝."

어떤 이는 당나귀에 짐을 싣고 있고, 어떤 이는 당나귀를 탄 채 어슬렁어슬렁 장터를 구경하고 있었습니다.

※ **시골뜨기**: 보고 들은 것이 적은 시골 사람을 낮잡아 이르는 말.

1. 이 글의 내용으로 알맞지 <u>않은</u> 것은 어느 것인가요? (   )

① 장터는 오늘날의 시장을 말한다.

② 영감님은 장터에서 당나귀를 보았다.

③ 옛날에 엿장수는 가위로 소리를 내며 장사를 했다.

④ 영감님은 장터에 사고 싶은 물건들이 많아서 눈이 휘둥그레졌다.

 2. 이 글로 보아 옛날 시골 장터에서 보기 어려운 물건은 무엇인가요? (   )

①   ②    ③    ④

엿   고추   운동화   항아리

 3. 장터에서 영감님은 어떤 당나귀를 사야 할지, 그 이유와 함께 써 보세요.

영감은 당나귀 탄 사람을 쫓아가며 소리쳤습니다.

"여보시오, 나한테 당나귀를 파시오."

그러나 당나귀 탄 사람은 들은 척도 하지 않았습니다.

영감은 당나귀 등에 짐을 싣고 가는 사람을 붙잡고 말했습니다.

"여보시오, 나한테 당나귀를 파시오."

그러자 당나귀를 끌고 가던 사람이 버럭 화를 냈습니다.

"예끼! 남의 귀한 당나귀를 무턱대고 팔라는 법이 어디 있소?"

영감은 어리둥절한 표정으로 주위를 둘레둘레 살폈습니다. 마침 볼품없는 당나귀를 끌고 가던 사람이 두 사람 사이에 끼어들었습니다.

"내 당나귀를 팔겠소. 스무 냥만 주시오."

이 말을 듣는 순간 영감은 입이 쩍 벌어졌습니다. 주머니를 탈탈 털어도 열 냥뿐이었습니다. 게다가 팔겠다는 당나귀는 누가 봐도 비실비실했습니다.

'저렇게 비실비실한 당나귀도 스무 냥이라니⋯⋯.'

영감은 고개를 푹 떨구었습니다.

※ **무턱대고**: 잘 헤아려 보지도 아니하고 마구.
※ **어리둥절하다**: 무슨 영문인지 잘 몰라서 얼떨떨하다.
※ **볼품없다**: 겉으로 드러나 보이는 모습이 초라하다.

1. 영감님이 고개를 떨군 이유는 무엇인가요? (   )

① 당나귀가 너무 싸서　　　　　　　　② 당나귀가 너무 많아서

③ 당나귀를 살 돈이 부족해서　　　　　④ 사고 싶은 당나귀가 없어서

2. 다음 상황을 보고 친구들이 옛날의 사회 모습을 말하고 있습니다. 다음 중 적절하지 <u>않은</u> 의견을 말한 친구는 누구인가요? (   )

> "내 당나귀를 팔겠소. 스무 냥만 주시오."
> 이 말을 듣는 순간 영감은 입이 쩍 벌어졌습니다. 주머니를 탈탈 털어도 열 냥뿐이었습니다.

① 옛날에는 당나귀 가격이 정해져 있었나 봐.

② 산골에서만 산 영감님은 당나귀 가격을 잘 몰랐나 봐.

③ 옛날에 돈의 단위는 오늘날처럼 '원'이 아니라 '냥'이었나 봐.

④ 영감님이 살던 때에 스무 냥은 당나귀를 살 만큼 큰돈이었나 봐.

3. 영감님은 당나귀를 사고 싶은데, 당나귀를 살 만큼 충분한 돈이 없었습니다. 여러분 이라면 이러한 상황에서 당나귀를 어떻게 살지 써 보세요.

그때 영감을 지켜보던 수박 장수가 큰 소리로 영감을 불렀습니다.

"영감님, 당나귀를 사려면 이리로 오세요."

수박 장수가 부르는 곳으로 가니 생전 처음 보는 수박이 있었습니다.

"허, 이건 뭐요?"

영감이 수박을 가리키며 묻자 수박 장수가 능청스럽게 입을 열었습니다.

"이게 바로 당나귀 알이지요. 보아하니 당나귀를 사러 온 모양인데, 다 자란 당나귀는 많이 비싸답니다. 그러니 당나귀 알을 사서 키우는 게 낫지요."

수박 장수는 실실 웃으며 커다랗고 동글동글한 수박을 내밀었습니다. 영감은 귀가 솔깃해서 얼른 수박을 받아 들었습니다.

"하, 듣던 중 반가운 소리네그려."

"집에 가서 아랫목에 놓고 이불을 푹 뒤집어씌운 다음, 당나귀가 나올 때까지 불을 지피세요. 냄새가 나도 절대로 이불을 들춰 보지 마세요."

영감은 수박 장수가 부르는 대로 열 냥을 주고 얼른 수박을 샀습니다.

※ **솔깃하다**: 그럴듯해 보여 마음이 쏠리는 데가 있다.
※ **아랫목**: 온돌방에서 아궁이(방에 불을 때기 위하여 만든 구멍) 가까운 쪽의 방바닥.

언어 1. 밑줄 친 낱말과 뜻이 반대되는 낱말로 묶이지 <u>않은</u> 것은 어느 것인가요? (   )

① <u>보다</u>─듣다   ② <u>사다</u>─팔다

③ <u>아랫목</u>─윗목   ④ <u>비싸다</u>─싸다

 과학 탐구 2. 당나귀는 알을 낳지 않고 새끼를 낳습니다. 다음 중 알을 낳는 동물은 어느 것인가요? (   )

2주 3일 학습 끝!

붙임 딱지 붙여요.

①    ②    ③    ④

 논술 3. 수박 장수는 어수룩한 영감님을 속이려고 하고 있습니다. 보기 와 같이 수박 장수에게 충고하는 말을 써 보세요.

보기 수박 장수 아저씨, 나빠요. 모른다고 다른 사람을 속이면 안 돼요.

61

영감은 당나귀 알을 품에 고이고이 안고 집으로 돌아가기 시작했습니다. 왔던 길을 되밟아 몇 날 며칠을 걸려 드디어 집에 도착했습니다.

"여보, 내가 돌아왔소, 어서 나와 보시오."

영감이 큰 소리로 외치자 부인이 마당으로 나왔습니다. 부인은 수박을 보고 눈을 동그랗게 뜨며 물었습니다.

"아니, 그게 뭐예요? 당나귀는 어디 있어요?"

"하하! 여보 마누라, 이게 바로 당나귀 알이라오."

영감은 신이 나서 설명했습니다. 부인은 고개를 갸웃갸웃하면서도 영감이 시키는 대로 했습니다.

부인은 수박 장수가 일러 준 대로 당나귀 알을 아랫목에다 놓고 이불을 푹 씌운 다음 아궁이에 불을 지피기 시작했습니다. 영감은 흥얼흥얼 노래를 불렀습니다.

"당나귀야, 어서어서 나와라!"

늙은 부부는 당나귀 알에서 빨리 당나귀가 나오길 바랐습니다.

＊ **아궁이**: 방이나 솥 따위에 불을 때기 위하여 만든 구멍.
＊ **흥얼흥얼**: 흥에 겨워 입 속으로 계속 노래를 부르는 소리. 또는 그 모양.

1. 영감님이 '당나귀 알'로 알고 있는 것이 실제로 무엇인지 이 글에서 찾아 두 글자로 쓰세요.

(   )

2. 다음과 같은 과정을 밟으면 실제로 어떤 일이 벌어질지 보기 에서 골라 빈칸에 쓰세요.

보기	• 수박이 썩는다.	• 수박에서 싹이 난다.
	• 늙은 부부가 부자가 된다.	• 수박에서 당나귀가 나온다.

 →  →

3. 보기 의 말은 실제로 존재하지 않는 것을 이용하여 만든 것입니다. 그렇다면 실제로 존재하지 않는 '당나귀 알'을 이용하여 말을 만들어 보고, 이 말을 언제 쓰면 좋을지 보기 처럼 써 보세요.

보기   • 벼룩의 간을 내먹다: 어려운 처지에 있는 사람에게 돈이나 물건을 뜯어내다.
      • 사족(뱀의 다리)을 달다: 쓸데없는 행동을 하여 도리어 잘못되게 하다.

불을 지핀 지 하루가 지났습니다. 늙은 부부는 문에 구멍을 뚫고 들여다보았습니다. 아무런 기척이 없었습니다.

"불을 더 지펴야겠네."

이틀이 지나고, 사흘이 지나도 당나귀는 나올 생각을 하지 않았습니다.

"우리 정성이 부족해서 당나귀가 안 나오나?"

영감은 불을 더 세게 지폈습니다. 나흘이 지나고, 닷새가 지나자 방 안에서 고약한 냄새가 진동했습니다.

"아무래도 이상하잖아요. 무슨 일이 있는지 들춰 봅시다."

부인이 묻자 영감이 단호하게 말했습니다.

"아이고, 그건 안 돼. 절대로 이불을 들춰 보지 말라고 신신당부했단 말이야."

영감은 당나귀가 나올 때까지 불을 계속 지폈습니다. 그렇게 몇 날 며칠 불을 지피자 온 집 안에 썩는 냄새가 진동했습니다. 그리고 이불 밑에는 더러운 물이 흥건했습니다.

※ **진동하다**: 냄새 따위가 아주 심하게 나다.
※ **흥건하다**: 물 따위가 푹 잠기거나 고일 정도로 많다.

1. 영감님은 수박을 당나귀 알로 알고 있습니다. 이런 사람이 없으려면 어떻게 해야 하는지에 대해서 <u>잘못</u> 말하고 있는 친구는 누구인가요? (   )

① 교육을 잘 받을 수 있도록 해야 해.

② 자기 지역에서만 나는 특산품을 자기 지역에서만 팔도록 해야 해.

③ 여러 지역 사람이 서로 교류할 수 있도록 길을 잘 닦아야 해.

④ 여러 지역을 편리하게 다닐 수 있는 교통수단을 만들어야 해.

2. 다음은 날짜를 세는 말입니다. 빈칸에 알맞은 말을 이 글에서 찾아 쓰세요.

1일	2일	3일	4일	5일
하루	이틀			닷새

3. 집 안에 썩는 냄새가 진동하는데도 영감님이 이불을 들춰 보지 않은 이유가 무엇인지 써 보세요.

"으윽! 냄새! 이대로는 못 살겠어요."

참다못한 부인은 방으로 뛰어 들어갔습니다.

그러고는 영감이 말릴 새도 없이 이불을 들추고 말았습니다.

"안 돼! 조금만 더 기다리면 당나귀가 나올 거야."

영감이 달려와 말렸지만 소용없었습니다. 부인은 다 썩은 수박을 밖으로 냅다 집어던졌습니다.

"당나귀 알은 무슨! 에잇, 냄새만 고약하구먼!"

'퍽! 퍼벅!'

흐물흐물해진 수박이 땅바닥에 소리를 내며 퍼졌습니다.

"아이고, 내 당나귀! 내 당나귀!"

영감은 다 썩어 푹 퍼진 수박을 만지며 소리를 질렀습니다. 하지만 이미 깨진 수박을 다시 되돌릴 수는 없었습니다.

깊고 깊은 산골에 영감의 목소리가 메아리쳤습니다.

"아이고, 내 당나귀! 내 당나귀!"

※ **고약하다**: 맛, 냄새 따위가 비위에 거슬리게 나쁘다.

※ **메아리치다**: 메아리(어떤 소리가 산이나 절벽 같은 데에 부딪쳐 되울려오는 소리)가 울려 퍼지다.

1. 영감님과 부인의 행동을 보고 두 사람의 성격을 바르게 말한 것은 어느 것인가요?

( )

① 이불을 들춘 부인은 소극적인 사람이야.

② 썩은 수박을 던진 부인은 신중한 사람이야.

③ 끝까지 기다리자고 한 영감님은 현명한 사람이야.

④ 썩은 수박을 만지며 "내 당나귀!"라고 소리친 영감님은 순진한 사람이야.

 2. 메아리의 원리를 바르게 설명한 것은 어느 것인가요? ( )

① 소리가 멀리멀리 퍼져 가는 것이다.

② 소리가 산에 부딪쳐 되돌아오는 것이다.

③ 소리가 산에 흡수되어 잦아드는 것이다.

④ 다른 사람이 소리를 듣고 대답하는 것이다.

2주 4일
학습 끝!

붙임 딱지 붙여요.

 3. 이 이야기를 인터넷에 소개했더니 다음과 같은 댓글이 달렸습니다. 댓글들을 보고 여러분의 생각도 짧게 써 보세요.

→ 하하하 : 영감님이 따지지 않고 물건을 산 것이 문제예요.

→ 미운오리 : 수박 장수가 영감님을 속인 것이 더 잘못이지요.

→ 미소천사 : 이건 그냥 옛이야기일 뿐이라고요. 실제 생활에서 어떻게 이런 일이 일어나겠어요?

→ 작은마녀 : 미소천사 님, 요즘에도 이런 일 많아요. 얼마 전에 우리 할머니도 입고 있기만 하면 병이 싹 낫는다는 속옷을 사셨더군요.

→

되돌아봐요

'당나귀를 타려다가……'를 잘 읽었나요? 일이 일어난 순서대로 번호를 쓰세요.

① 영감이 수박 장수의 꾐에 빠져 장터에서 수박을 한 덩이 삼.

② 굽이굽이 산골에 사는 늙은 부부는 나이가 많아 일 하기 힘듦.

③ 부인이 수박을 내던지자 영감이 목놓아 욺.

④ 늙은 부부가 선비의 당나귀를 보고 부러워하자 선 비가 장터에서 사라고 알려 줌.

⑤ 늙은 부부가 방 아랫목에 수박을 놓고 따뜻하게 불 을 땜.

⑥ 영감이 사공의 배를 타고 강을 건너서 장터에 감.

2 이 글에 나온 다음 교통수단을 보고, 이것을 대신하는 오늘날의 교통수단을 보기 에서 모두 찾아 쓰세요.

> 보기   트럭, 승용차, 여객선, 전투기, 비행기

(1)
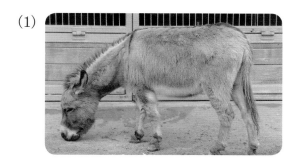

....

....

(2)

....

....

3 등장인물에 어울리는 성격을 선으로 이으세요.

(1)

사공

(2)

수박 장수

(3)

영감

• ㉠ 친절하다

• ㉡ 어수룩하다

• ㉢ 교활하다

궁금해요

옛이야기 속 당나귀를 만나요

당나귀는 원래 말, 사슴처럼 야생에서 마음껏 뛰놀며 살았어요. 그러다 사람들이 힘 좋고 성격이 유순한 당나귀를 길들여 가축으로 기르게 되었지요. 당나귀는 사람과 오래전부터 함께 살아서인지 옛이야기에 자주 등장해요. 옛이야기에 등장하는 당나귀는 어떤 모습인지 만나 볼까요?

옛이야기에 자주 등장하는 당나귀

▲ 당나귀를 이용하는 사람들

당나귀는 주로 짐을 실어 나르고 사람을 태워 이동하는 교통수단으로 사용되었어요. 사람들은 작지만 힘이 센 당나귀를 친근하게 느꼈지요. 그래서 옛이야기에는 당나귀가 자주 등장한답니다.

옛이야기 중에는 임금님의 귀가 당나귀 귀처럼 크다는 것을 말하지 못해 안달이 난 사람이 산속으로 들어가서 비밀을 털어놓는 내용이 있어요. 바로 '임금님 귀는 당나귀 귀'라는 이야기랍니다.

그리고 아버지와 아들이 줏대 없이 남의 말만 듣다가 결국 당나귀를 지고 가는 우스꽝스러운 내용을 다룬 '아버지와 아들' 이야기도 유명하지요. 또 에스파냐의 작가 세르반테스가 쓴 "돈키호테"라는 소설에는 돈키호테를 따라다니는 부하 산초가 늘 당나귀를 타고 다닌답니다.

'제 꾀에 제가 넘어간 당나귀' 이야기

옛이야기 속에 등장하는 당나귀는 주로 우직하게 열심히 일하는 모습으로 나와요. 그러나 그렇지 않은 당나귀가 등장하는 이야기도 있답니다. 그 이야기 중의 하나가 바로 이솝 이야기 가운데 '제 꾀에 제가 넘어간 당나귀'예요. 그러면 이 이야기를 한 번 읽어 볼까요?

옛날에 소금 장수가 기르는 당나귀가 한 마리 있었어요. 당나귀는 무거운 짐을 날마다 실어 나르는 게 힘들었어요. 하지만 소금 장수는 자랑스럽게 말하곤 했어요.

"우리 당나귀는 힘이 좋아! 보라고, 이만큼 실어도 거뜬하다고."

칭찬을 받을 때는 으쓱했지만, 등짝에 짐이 올라오면 끙끙 앓는 소리가 절로 났지요.

어느 날 당나귀는 개울을 건너다가 발이 미끄러져 물에 빠지고 말았어요. 물 밖으로 간신히 나온 당나귀는 등이 가벼워진 것을 느꼈지요. 지고 있던 소금이 물에 많이 녹아 버린 거였어요. 주인은 당나귀를 잃지 않은 것만으로도 기뻐 화를 내지 않았어요. 그러자 당나귀는 개울을 건널 때 일부러 자주 넘어졌지요.

얼마 뒤 소금 장수는 또 산더미 같은 짐을 당나귀 등에 실었어요. 그 짐은 덩치에 비해 그다지 무겁지 않았지요. 하지만 당나귀는 이번에도 짐을 더 가볍게 할 욕심에 일부러 물에 빠졌답니다.

그런데 이게 웬일이에요. 물 밖으로 나와 보니, 물에 빠지기 전보다 짐이 훨씬 더 무겁지 뭐예요. 그 짐은 소금이 아니라 솜이었거든요. 당나귀는 무거운 솜 보따리를 지고 비틀거리며 주인을 따라가야 했답니다.

이 이야기 속 당나귀는 자기 꾀에 자기가 넘어갔어요. 하지만 그리 밉지 않게 느껴지지요. 그건 아마 당나귀가 사람들을 대신하여 무거운 짐을 실어 나르는 고마운 동물이기 때문일 거예요.

✏️ '제 꾀에 제가 넘어간 당나귀' 이야기를 보면 소금은 물에 녹는 성질이 있음을 알 수 있습니다. 그렇다면 솜은 물에 닿으면 어떻게 변하는지 써 보세요.

내가 할래요

미래의 탈것을 상상해요

다음은 오늘날 쓰이는 탈것을 모아 놓은 그림입니다. 미래에는 어떤 탈것이 나올지 상상하여 한 가지만 그리고, 그것의 이름과 특징을 써 보세요.

확인할 내용	잘함	보통임	부족함
1. 이번 주 학습을 5일(월요일~금요일) 안에 끝마쳤나요?			
2. 당나귀의 특징을 잘 이해했나요?			
3. 배의 특징을 잘 이해했나요?			
4. 옛날에 사용된 교통수단에 대해 말할 수 있나요?			

(1) 이름 :

....

(2) 특징 :

....

....

....

2주 5일
학습 끝!

붙임 딱지 붙여요.

전하는 말

3주

교통수단,
사람들 사이를 잇다

생각톡톡 우리 생활을 편리하게 하는 교통수단에는 여러 가지가 있습니다. 여러분이 타본 교통수단은 어떤 것이 있는지 써 보세요.

관련교과 [과학 4-2] 물의 상태 변화 알기 / 물의 이용 방법 알기
[과학 6-1] 기체의 성질 알기

바퀴의 탄생

여러분은 인류가 발명한 것 중에 가장 위대한 것이 무엇이라고 생각하나요? 전화기? 컴퓨터? 사진기? 인쇄술?

이 질문에 오래전부터 많은 사람들이 공통적으로 대답한 것이 있는데 무엇일까요? 바로 '바퀴'랍니다.

바퀴를 누가 맨 처음 만들었는지는 알 수 없습니다. 다만 지금까지 알려진 가장 오래된 바퀴는 기원전 3500년경의 메소포타미아* 유적에서 발견된 전차*용 바퀴이지요. 당시에 사용된 바퀴는 통나무를 둥글게 잘라 가운데에 구멍을 내어 회전축을 끼운 정도였습니다.

이것이 점차 발전하여 바퀴통 안쪽에 바퀴살을 붙이게 되었고, 나무 대신 금속이나 고무 등으로 바퀴를 만들게 되었습니다.

그리고 바퀴가 점점 발전하여 소나 말이 끄는 달구지와 마차, 사람이 끄는 인력거 등 초기의 교통수단을 탄생시켰지요. 이렇듯 바퀴가 탄생되면서부터 교통수단을 이용한 인류의 이동이 시작되었습니다.

※ **메소포타미아**: 서남아시아의 티그리스강과 유프라테스강 사이에 있는 지역. 고대 문명 발상지의 하나이다.
※ **전차**: 전쟁터에서 쓰이는 차. 탱크.

언어 1. 이 글의 내용으로 알맞지 <u>않은</u> 것은 무엇인가요? (   )

① 바퀴는 기원전에 발명된 물건이다.

② 초기의 바퀴는 통나무로 만들었다.

③ 지금까지 알려진 가장 오래된 바퀴는 철로 만든 것이다.

④ 바퀴가 만들어지면서 달구지, 마차, 인력거가 탄생했다.

과학 탐구 2. 이 글에서는 인류의 가장 위대한 발명품을 바퀴라고 했습니다. 그 이유에 대해 <u>잘못</u> 설명하고 있는 친구는 누구인가요? (   )

①
육상 교통수단이 발달할 수 있게 되었기 때문이야.

②
사람들이 서로 힘을 합해 일을 할 수 있게 되었기 때문이야.

③
편리하게 짐을 실어 나르는 기구를 만들 수 있게 되었기 때문이야.

④
바퀴를 이용하여 여러 가지 편리한 물건들을 만들 수 있게 되었기 때문이야.

 논술 3. 여러분은 인류의 가장 위대한 발명품을 무엇이라고 생각하는지 보기 처럼 써 보세요.

보기 나는 인류의 가장 위대한 발명품을 '전구'라고 생각한다. 왜냐하면 전구가 발명되지 않았다면 밤에 지금처럼 환하게 지낼 수 없기 때문이다.

나는 인류의 가장 위대한 발명품을 _____ (이)라고 생각한다.

왜냐하면 _____

_____ 때문이다.

소달구지, 마차, 인력거

최초의 교통수단은 바퀴에 널빤지를 얹어 만든 수레입니다. 수레에 짐을 싣고 사람을 태우면서 비로소 운반과 이동을 하는 교통수단이 탄생하였지요. 수레 가운데에서도 맨 처음 등장한 것은 소가 끄는 수레로, 이것을 '우차' 또는 '소달구지'라고 합니다.

우리나라에서는 소달구지가 주로 농사일을 돕는 데 사용되었습니다. 소달구지 위에 무거운 쌀가마니를 잔뜩 올린 뒤 소가 끌게 하고, 농부는 옆에 서서 소가 가야 할 방향을 일러 주었지요.

반면 말이 끄는 '마차'는 본격적으로 사람을 태운 교통수단이었습니다. 마차는 유럽과 미국 사람들에게 필수품이었지요.

한편 사람이 끄는 수레인 '인력거'는 일본에서 시작된 것으로 알려져 있습니다. 인력거는 오늘날의 택시처럼 손님을 태워 목적지에 데려다 주었어요.

소달구지와 마차, 인력거는 엔진으로 움직이는 자동차가 만들어지기 전까지 사람들에게 매우 쓸모 있는 교통수단으로 사용되었습니다.

※ **필수품**: 일상생활에 없어서는 안 되는 반드시 필요한 물건.

언어 1. 다음을 무엇이라고 부르는지 각각의 이름을 쓰세요.

(1)
(
)

(2)
(
)

(3)
(
)

 과학 탐구 2. 다음과 같은 모양의 바퀴 중 가장 잘 굴러갈 바퀴는 무엇인가요? (   )

① 삼각형 바퀴

② 사각형 바퀴

③ 오각형 바퀴

④ 육각형 바퀴

논술 3. 소는 농촌에서 농사일을 돕는 매우 소중한 가축입니다. 이처럼 사람들의 생활에 도움을 주는 고마운 동물을 찾아 보기 처럼 써 보세요.

보기 시각 장애인 안내견은 앞을 보지 못하는 사람들의 손과 발이 되어 준다.

....

....

....

증기 자동차와 가솔린 자동차

　동물이나 사람은 한 번에 멀리 가거나 빨리 가는 데 한계가 있습니다. 또 기운이 빠지면 음식을 먹거나 쉬면서 힘을 보충해야 하지요. 이 한계를 극복하기 위해 만든 것이 엔진입니다. 엔진은 열, 전기, 수력과 같은 에너지를 기계적인 힘으로 바꾸는 장치입니다.

　초기에는 물을 끓일 때 나오는 수증기로부터 힘을 얻는 증기 엔진을 사용하는 '증기 자동차'가 있었습니다. 하지만 증기 엔진은 너무 크고 성능이 형편없었습니다. 사람이 걷는 속도보다 약간 빠른 정도였으니까요.

　이러한 증기 자동차에 이어 탄생한 것이 오늘날 사람들이 이용하는 '가솔린 자동차'입니다. 가솔린 자동차에 쓰인 가솔린 엔진은 연료인 가솔린을 태워 그 힘으로 피스톤을 움직이고 회전 운동을 만드는 장치입니다. 가솔린 엔진을 발명하여 1877년에 특허 등록을 한 사람은 독일의 기술자인 오토이지요. 이후 가솔린 엔진은 인류의 교통수단이 발전하는 데 매우 중요하고 혁신적인 역할을 하였습니다.

※ **가솔린**: 석유의 휘발 성분을 이루는 무색의 투명한 액체.
※ **피스톤**: 왕복 운동을 하는 원통이나 원판 모양으로 된 부품.
※ **혁신적**: 옛날의 방법을 완전히 바꾸어서 새롭게 하는 것.

1. 다음은 가솔린 자동차를 움직이는 가솔린 엔진의 작동 원리를 보여 주는 그림입니다. 이 그림을 보고 (　　　) 안에 알맞은 말을 쓰세요.

가솔린 연료가 탄다. → (　　　　)이 위아래로 움직인다. → 이 운동이 (　　　　) 운동으로 바뀐다. → 자동차 바퀴가 움직이면서 가스가 나온다.

 2. 이 글의 내용과 맞지 않은 것은 어느 것인가요? (　　　　)

① 증기 자동차는 속도가 아주 빨랐다.

② 가솔린 자동차는 가솔린을 연료로 사용한다.

③ 가솔린 엔진은 교통수단의 발달에 중요한 역할을 했다.

④ 엔진은 열, 전기 등과 같은 에너지를 기계적인 힘으로 바꾸는 장치이다.

3주 1일
학습 끝!

붙임 딱지 붙여요.

 3. 어떤 일에서 매우 중요한 역할을 하는 사람을 '엔진'에 비유하기도 합니다. '엔진'이라는 낱말을 넣어 **보기** 처럼 짧은 글을 지어 보세요.

보기 축구를 잘하는 우리 형은 프로 축구팀의 <u>엔진</u>으로 활약하고 있습니다.

전기 자동차

오늘날 인류에게 닥친 여러 가지 문제 중 하나는 에너지 문제입니다. 문명이 발달할수록 점점 더 많은 에너지를 쓰다 보니, 에너지가 얼마 남지 않은 것이지요. 특히 가솔린 자동차의 연료인 가솔린은 매우 부족해졌습니다. 그래서 사람들은 가솔린을 대신할 자동차 연료를 연구해 왔습니다. 그중 하나가 바로 '전기'이지요.

전기로 움직이는 자동차는 조용하고 공해가 없지만, 충전을 자주 해야 했고 속도가 매우 느렸습니다. 그래서 실생활에 널리 쓰이지 못했지요.

하지만 오늘날 다시 연구되는 전기 자동차는 이러한 단점을 보완하여 가솔린 자동차 못지않은 성능을 자랑합니다. 가솔린 대신 전기로 움직이기 때문에 가솔린 자동차보다 연료비가 적게 들고, 환경 오염도 줄일 수 있습니다.

※ 성능: 기계 따위가 지닌 성질이나 기능.

1. 전기 자동차의 장점을 두 가지 고르세요. (   )

① 가솔린 자동차보다 값이 싸다.

② 땅 위나 물 위 등 어디서나 잘 달린다.

③ 가솔린 자동차보다 연료비가 적게 든다.

④ 가솔린 자동차보다 환경 오염을 줄일 수 있다.

2. 오늘날 사람들은 환경 오염을 줄일 수 있는 자동차 연료를 연구하고 있습니다. 다음 중 이와 거리가 가장 먼 연료는 어느 것인가요? (   )

① 　물　　　　　② 　햇빛　　　　　③ 　전기　　　　　④ 　가솔린

3. 자동차는 디자인과 성능이 지속적으로 발전하고 있습니다. 여러분이 자동차를 타면서 느꼈던 불편한 점과 이를 해결할 방법을 보기 처럼 써 보세요.

보기 자동차에 탔을 때 안전벨트를 매는 것을 자주 잊어버린다. 그래서 자동차에 타서 시동을 걸면 안전벨트가 자동으로 매이면 좋겠다.

02 증기 기관차, 디젤 기관차

'칙칙폭폭!'* 레일 위를 힘차게 달리는 열차는 과연 언제부터 만들어졌을까요? 그 시작은 일찍부터 산업이 발달한 영국에서 찾을 수 있습니다.

19세기 초인 1814년, 스티븐슨이라는 영국 사람이 증기 기관차를 발명함으로써 철도는 교통수단에 큰 변화를 가져왔습니다. 스티븐슨은 탄광의 갱* 안을 다닐 수 있는 증기 기관차를 만들었고, 1830년 9월 15일에는 영국의 리버풀과 맨체스터 사이에 세계 최초의 여객 철도를 놓았습니다.

자동차와 마찬가지로, 초기의 열차는 증기 엔진을 사용하는 증기 기관차였습니다. 석탄이나 석유를 태워 물을 데우면 증기가 발생하는데, 이 증기를 이용해 피스톤을 움직여서 열차를 달리게 하였지요.

증기 기관차에 이어 등장한 것이 '디젤 기관차'입니다. 이때부터 철도 교통은 더 빠르게 발전했습니다. 디젤 기관차는 경유*를 연료로 사용하였기 때문에 더 많은 힘을 낼 수 있었고, 덕분에 열차는 더욱 빠르고 편리해졌습니다.

※ **레일**: 철도 차량이나 전차 따위를 달리게 하기 위하여 땅 위에 까는 가늘고 긴 강철.
※ **갱**: 광물을 파내기 위하여 땅속을 파 들어간 굴.
※ **경유**: 석유의 한 종류.

과학탐구 1. 다음은 증기 기관차가 움직이는 원리를 그림으로 나타낸 것입니다. 이 그림을 보고 (   ) 안에 알맞은 말을 쓰세요.

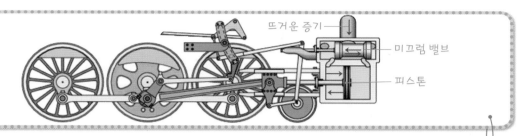

미끄럼 밸브가 앞뒤로 움직일 때마다 뜨거운 (   )가 들어온다.→ 이것이 아래쪽으로 내려가면 (   )이 앞뒤로 운동을 한다. → 이 운동이 바퀴에 전달되어 열차가 움직인다.

사회탐구 2. 증기 기관차의 발전은 사람들의 생활에 많은 변화를 가져왔습니다. 그 변화가 <u>아닌</u> 것은 어느 것인가요? (   )

① 먼 지역을 여행하는 사람들이 많아졌다.
② 증기 자동차를 더 이상 타지 않게 되었다.
③ 광석 같은 무거운 물건을 쉽게 나르게 되었다.
④ 먼 지역에서 만든 물건을 손쉽게 구할 수 있게 되었다.

논술 3. 증기 기관차는 주로 석탄을, 디젤 기관차는 경유를 연료로 합니다. 여러분이 열차를 만든다면 어떤 연료로 움직이는 열차를 만들고 싶은지 보기 와 같이 써 보세요.

보기 햇빛을 연료로 사용하는 열차를 만들고 싶다.

지하철, 고속 철도

열차가 들어옵니다.

　빠르고 편리해진 디젤 기관차에 이어 등장한 것은 무엇일까요? 바로 '전기 기관차'입니다. 여기저기 도로 위로 달리는 자동차와 달리 열차는 정해진 레일만 다니기 때문에, 레일 주변에 있는 전선으로부터 전기를 끌어와 연료로 사용할 수 있습니다. 그래서 일찍부터 전기 기관차가 발달할 수 있었지요.

　그 덕분에 오늘날 대부분의 열차는 전기 기관차입니다. 가장 대표적인 것이 대중교통으로서 중요한 역할을 하고 있는 '지하철'이지요. 세계 최초의 지하철은 1863년 영국 런던에서 개통했습니다. 지하철은 한꺼번에 많은 사람을 태우고 정해진 시각에 맞추어 운행하기 때문에 많은 사람들이 이용하지요.

　지하철 외에도 전기 기관차의 성능을 강화해 속도를 높인 것이 있습니다. 바로 '고속 철도'이지요. 세계적으로 유명한 고속 철도는 프랑스의 테제베, 일본의 신칸센, 독일의 이체, 그리고 우리나라의 케이티엑스(KTX) 등이 있습니다. 먼 곳도 빠른 시간에 이동할 수 있게 도와주는 교통수단이지요.

※ **개통**: 길, 다리, 철로, 전화, 전신 따위를 완성하거나 이어 통하게 함.
※ **강화**: 세력이나 힘을 더 강하고 튼튼하게 함.

과학 탐구 1. 다음은 무엇에 대한 설명인지 이 글에서 찾아 쓰세요.

- 디젤 기관차에 이어 등장했다.
- 지하철, 고속 철도 등이 이것에 포함된다.
- 레일 주변의 전선으로부터 전기를 끌어와 연료로 사용한다.

(   )

 사회 탐구 2. 지하철의 장점을 두 가지 고르세요. (   )

① 많은 사람이 이용할 수 있다.
② 목적지까지 한 번에 갈 수 있다.
③ 정해진 시각에 맞추어 정확히 운행한다.
④ 짐을 실을 수 있는 칸이 따로 마련되어 있다.

3주 2일
학습 끝!

붙임 딱지 붙여요.

논술 3. 우리나라의 고속 철도인 케이티엑스(KTX)에는 네 사람이 마주 보며 앉을 수 있는 자리가 있습니다. 여러분이 케이티엑스(KTX)를 타고 여행을 간다면 누구와 함께 그 자리에 앉고 싶은지 써 보세요.

자기 부상 열차, 첨단 열차

열차의 이용이 늘면서 새로운 열차가 생겨나게 되었습니다. 바로 '자기 부상 열차'와 '첨단 열차'입니다.

자기 부상 열차는 자석의 성질을 이용한 열차입니다. 자기 부상 열차가 움직이기 위해서는 열차를 레일로부터 띄우는 힘과 열차를 진행시키는 두 가지 힘이 필요하지요. 먼저 열차와 레일에 자석을 달아 서로 밀어내는 힘을 만들어 열차를 띄우고, 자석의 성질을 복합적으로 이용하여 열차를 움직입니다.

이때 자기 부상 열차에 사용하는 자석은 전기가 잘 통하는 초전도 자석으로, 여기에 코일을 감아 전류가 흐르게 하면 엄청난 힘이 생깁니다. 이 힘으로 띄워진 자기 부상 열차는 레일에 직접 닿는 부분이 없습니다. 그래서 마찰이 생기지 않기 때문에 소음이나 진동이 적고 매우 빨리 달릴 수 있지요.

오늘날에는 자기 부상 열차 외에도 여러 가지 첨단 열차가 있습니다. 한 줄로 된 레일에 매달려 가거나 그 위로 달리는 '모노레일', 지하철보다 운행 거리가 짧고 수송 인원이 적은 '경전철' 등이 그것이지요. 이러한 첨단 열차와 함께 철도 교통은 빠르게 발전하고 있답니다.

※ **초전도**: 매우 낮은 온도에서 금속을 식힐 때 전기 흐름을 막는 것이 없어 전류가 장애 없이 흐르는 현상.
※ **코일**: 전류를 통하게 하는 쇠붙이 줄을 나사나 원통 모양으로 여러 번 감은 것.

언어 1. 자기 부상 열차에 이용되는 자석의 성질이 <u>아닌</u> 것은 무엇인가요? (   )

① 힘이 매우 약하다.　　　　　　　　② 전기가 잘 통한다.

③ 같은 극끼리 밀어낸다.　　　　　　④ 다른 극끼리 끌어당긴다.

 사회 탐구 2. 다음 중 모노레일에 해당하는 것을 두 가지 고르세요. (   )

①

②

③

④

논술 3. 자기 부상 열차처럼 신발과 땅에 자석을 넣어서 신발이 땅 위를 둥둥 떠다닌다면 어떤 일이 벌어질까요? 좋은 점과 불편한 점을 하나씩 보기 처럼 써 보세요.

보기 (1) 좋은 점: 신발이 닳지 않으니까 신발을 오래 신을 수 있다.
　　　(2) 불편한 점: 발이 땅에 닿지 않아서 축구나 발야구를 할 수 없다.

(1) 좋은 점: ....

(2) 불편한 점: ....

....

89

통나무배, 돛단배, 증기선

교통수단 가운데 역사가 가장 오래된 것은 무엇일까요? 그건 자동차도 아니고 비행기도 아닌 바로 '배'랍니다.

먼 옛날, 원시인들은 커다란 통나무에 올라앉아 물의 흐름을 따라 둥둥 떠다녔지요. 그러다가 통나무에 홈을 파서 배를 만들고, 노를 저어 방향을 바꾸기도 했습니다. 통나무 여러 개를 묶어 뗏목도 만들었지요.

배의 아랫부분을 부드러운 곡선 형태로 만든 최초의 배는 기원전 4000년경에 파피루스로 만든 것입니다. 파피루스 외에도 동물의 가죽, 나무껍질, 널빤지 등이 배를 만드는 데 쓰였습니다. 이 시기의 배는 물고기를 잡고 강을 건너는 데 도움을 주는 역할만 했지요.

이후 인류가 본격적으로 바닷길을 개척할 수 있었던 것은 '돛단배'가 등장하면서부터입니다. 돛단배는 바람이 돛을 미는 힘으로 움직입니다. 하지만 바람이라는 자연 현상에 의존해 바다를 여행하기에는 너무 위험했지요.

그래서 18세기에는 '증기선'이 탄생했습니다. 증기 엔진을 사용하면서 배는 더욱 커지고, 그만큼 많은 기능을 할 수 있게 되었지요.

※ **파피루스**: 여러해살이풀. 지중해 연안의 습지에서 무리 지어 자라며 높이가 1~2미터임.

과학 탐구 1. 다음은 옛날에 배를 만들 때 쓰인 재료입니다. 공통점은 무엇인가요? (   )

동물의 가죽

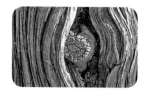
나무껍질

널빤지

① 물에 뜬다.　　　　　　　　　　　② 물에 퍼진다.

③ 물에 녹는다.　　　　　　　　　　④ 물이 잘 스며든다.

 언어 2. 옛날 사람들이 파피루스로 만든 배를 이용한 경우를 두 가지 고르세요.

(　　　　　　)

▲ 파피루스

① 강을 건널 때

② 물고기를 잡을 때

③ 석유를 실어 나를 때

④ 외국으로 물건을 내다 팔 때

3. 바람의 힘에 의존하여 움직이는 돛단배에는 어떤 문제점이 있을까요? 여러분이 생각하는 문제점을 보기 와 같이 써 보세요.

보기 바다 한가운데에서 돛이 찢어지면 매우 위험하다.

프로펠러와 디젤 엔진

증기선이 움직이는 원리는 기관실에서 발생한 뜨거운 증기가 증기선에 있는 바퀴를 돌리기 때문입니다. 그런데 이 바퀴는 너무 크고 무거워서 속도를 내기 힘들었습니다. 이 문제를 해결한 것이 선풍기의 날개처럼 생긴 '프로펠러'입니다. 프로펠러를 증기선의 아래쪽에 설치하여 이것이 물속에서 회전하면서 물을 밀어내면, 그 힘으로 배가 앞으로 나아가도록 한 것입니다.

이후 증기 엔진이 디젤 엔진으로 바뀌면서 배는 더 커지고 빨라졌습니다. 오늘날 대부분의 배는 디젤 엔진에 의해서 프로펠러가 회전하는 구조를 가지고 있습니다.

반면 커다란 공기 방석 위에 앉은 배도 있습니다. '호버크라프트'라고 하는 이 배는 배의 바닥에서 높은 압력의 공기를 계속 내보내어 그 힘을 이용하여 배를 띄우지요. 이 배는 물 위는 물론 육지도 달릴 수 있습니다.

한 번에 많은 짐을 싣고 먼 곳까지 갈 수 있는 배는 자동차 수출이나 석유 운반 등 여러 나라와 무역을 하는 데 중요한 역할을 하고 있습니다.

※ **프로펠러**: 비행기나 선박에서 엔진이 도는 힘을 나아가는 힘으로 바꾸는 장치.
※ **무역**: 나라와 나라 사이에 서로 물품을 사고파는 일.

1. 다음은 배가 움직이는 원리를 보여 주는 그림입니다. ㉠~㉣ 중 프로펠러는 어느 것인가요? (   )

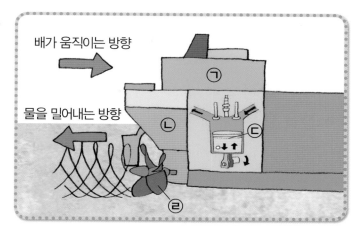

배가 움직이는 방향

물을 밀어내는 방향

㉠

㉡

㉢

㉣

2. 배를 이용하는 데 필요한 시설이나 장소가 <u>아닌</u> 것은 어느 것인가요? (   )

① 공항

② 항구

③ 등대

④ 선착장

3주 3일
학습 끝!

붙임 딱지 붙여요.

3. '호버크라프트'라는 배는 이 배를 만든 회사에서 붙인 이름입니다. 여러분이 이 배에 알맞은 이름을 새로 짓고, 그렇게 지은 이유를 써 보세요.

▲ 호버크라프트

(1) 배의 이름:

(2) 이유:

열기구, 비행선

　인간은 모두 새처럼 하늘을 날고자 하는 바람을 가지고 있습니다. 그 바람이 하늘을 날 수 있는 길을 만들게 했지요.

　하늘을 나는 방법 중 하나로, 프랑스의 발명가 몽골피에는 동생과 함께 '열기구'를 연구했습니다. 열기구는 더운 공기가 찬 공기보다 가벼워서 위로 올라가는 원리를 이용한 것입니다. 1783년 11월, 몽골피에 형제는 사람을 태운 열기구가 프랑스 상공을 25분가량 떠오르는 실험에 성공했습니다. 그 덕분에 사람들은 열기구를 이용해 하늘을 날게 되었지요.

　19세기 후반에는 열기구보다 발전된 기구인 '비행선'이 등장했습니다. 비행선은 수소나 헬륨처럼 공기보다 가벼운 기체를 풍선처럼 생긴 기구에 가득 채워 하늘에 띄운 것입니다.

　비행선은 열기구보다 더 많은 사람을 태울 수 있고, 더 높은 곳까지 올라갈 수 있었습니다. 하지만 기구를 가득 채운 수소 가스가 폭발하는 사고가 자주 일어나면서 제 기능을 발휘하지 못하고 역사 속으로 사라지고 말았습니다.

🐰 **과학 탐구** 1. 다음은 열기구가 하늘로 떠오르는 원리를 보여 주는 그림입니다. (   ) 안에 알맞은 말을 써 보세요.

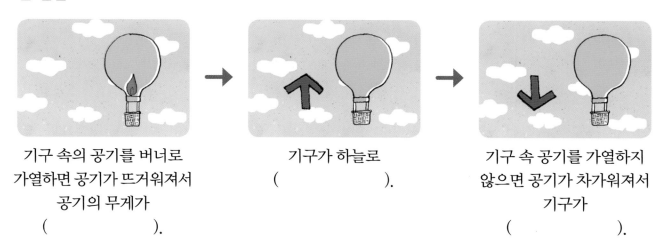

기구 속의 공기를 버너로
가열하면 공기가 뜨거워져서
공기의 무게가
(   ).

기구가 하늘로
(   ).

기구 속 공기를 가열하지
않으면 공기가 차가워져서
기구가
(   ).

🐰 **과학 탐구** 2. 열기구는 더운 공기가 위로 올라가는 원리를 이용한 것입니다. 생활 속에서 이 원리를 활용한 예로 알맞은 것은 무엇인가요? (   )

①

풍등 안에 있는 작은 초에
불을 붙였더니 조금 뒤에
풍등이 날아올랐어.

②

물을 얼릴 때에는 물통을
가득 채우지 말고
윗부분을 조금 비워야 해.

③

바람이 불자 꼬리를 길게
매단 연이 하늘 높이
날아올랐어.

🐰 **논술** 3. 열기구와 비행선의 차이점을 두 가지 이상 써 보세요.

▲ 비행선

플라이어호

열기구나 비행선처럼 기체의 성질을 이용하지 않고 엔진의 힘으로 하늘을 난 최초의 비행기는 라이트 형제의 '플라이어호'입니다. 라이트 형제는 1903년 12월의 어느 추운 날, 플라이어호를 타고 12초 동안 약 36미터를 날았습니다. 지금 생각하면 기록이라고 하기에도 우습지만, 이 위대한 도전 덕분에 하늘을 나는 것이 더 이상 꿈이 아니라는 것을 알게 되었지요.

프랑스의 항공 기술자 앙리 파르망은 비행기에 바퀴를 달아 이륙을 쉽게 만들었습니다. 또한 루이 블레리오는 라이트 형제가 만든 비행기 크기의 3분의 1밖에 안 되는 비행기로 1909년 영국과 프랑스 사이의 바다를 건너는 데 성공했습니다.

하지만 이 당시까지도 비행기는 나무 뼈대를 그대로 드러낸 것으로, 걸음마 단계에 불과했습니다. 그러던 것이 4년 뒤에는 6,000미터 높이까지 올라 시속 200킬로미터 이상 날 수 있을 만큼 발전했지요.

이후 두 차례의 세계 대전을 겪는 동안 전투기, 정찰기와 같은 군사용 비행기가 필요해지면서 비행기는 더욱 빠르게 발전했습니다.

※ **이륙**: 비행기 따위가 날기 위하여 땅에서 떠오름.
※ **전투기**: 공중에서 전투를 벌이기 위해 만들어진 작고 빠른 군사용 비행기.
※ **정찰기**: 적의 상황을 자세히 살피는 데 쓰는 군사용 비행기.

언어 1. 플라이어호에 대한 설명으로 알맞지 <u>않은</u> 것은 무엇인가요? (   )

① 라이트 형제가 만들었다.

② 1903년에 비행에 성공했다.

③ 비행기에 바퀴가 달려 있었다.

④ 12초 동안 약 36미터를 날았다.

 과학 탐구 2. 비행기가 하늘을 날 때에는 다음과 같은 네 가지 힘이 작용합니다. ㉠과 ㉡은 각각 어떤 힘을 나타낸 것인지 쓰세요.

- 엔진에 의해서 비행기가 앞으로 나아가는 추진력
- 비행기가 공기와 부딪치면서 추진력과 반대 방향으로 나아가려는 저항력
- 비행기를 공기 중으로 떠오르게 하는 양력
- 비행기 무게 때문에 아래로 떨어지려고 하는 중력

㉠ (   ), ㉡ (   )

논술 3. 위대한 도전을 한 라이트 형제에게 하고 싶은 말을 편지로 써 보세요.

▲ 라이트 형제

04 제트 엔진

비행기 형태는 계속 발전했습니다. 하지만 비행기를 앞으로 나아가게 하는 장치는 여전히 프로펠러밖에 없었지요. 그래서 사람들은 프로펠러보다 빠르게 갈 수 있는 방식을 계속 연구하였고, 그 결과 '제트 엔진'이 발명되었습니다. 제트 엔진을 설치한 비행기는 1939년에 드디어 하늘을 나는 데 성공했습니다.

제트 엔진은 공기를 빨아들인 다음 연료와 함께 태워서, 그때 발생하는 가스를 빠른 속도로 내보내면서 그 힘으로 비행기를 움직이게 하는 장치입니다. 처음에는 군사용 비행기에만 사용되다가, 차차 일반 사람들이 이용하는 여객기에도 사용되었지요.

제트 엔진 덕분에 비행기는 엄청난 양의 무게를 견딜 수 있게 되었고, 한 번에 많은 사람과 짐을 싣고 바다 건너 먼 곳까지 안전하게 이동할 수 있게 되었습니다.

오늘날 최첨단 위성* 장치가 개발되고 비행기 조종에 여러 가지 컴퓨터 시스템이 활용되면서 비행기는 더욱 안전하게 날게 되었습니다.

＊ **위성**: 지구 따위의 행성 주위를 돌면서 여러 가지 자료를 지구에 전송할 수 있도록 만든 인공의 장치.

1. 다음은 제트 엔진 그림입니다. 제트 엔진이 작동하는 원리를 이 글에서 찾아 (   ) 안에 알맞은 말을 쓰세요.

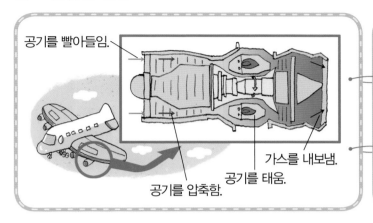

(   )를 빨아들인다. → 이것을 연료와 함께 (   ). → 이때 발생하는 (   )를 빨리 내보낸다. → 비행기가 움직인다.

2. 제트 엔진을 설치한 비행기(제트기)에 대한 설명으로 알맞지 <u>않은</u> 것은 무엇인가요?

(   )

① 군사용 비행기로만 사용한다.
② 위성 장치를 이용하여 항공로를 결정한다.
③ 컴퓨터 시스템을 활용하여 비행기를 조종한다.
④ 공기와 연료가 타면서 나오는 가스를 내보낸다.

3주 4일 학습 끝!

붙임 딱지 붙여요.

3. 교통수단이 없다면 지금 우리는 어떤 모습으로 살고 있을까요? 자동차, 열차, 배, 비행기가 없는 세상을 상상하며 어떤 점이 불편할지 보기 처럼 써 보세요.

보기 다른 나라를 여행할 수 없다.

되돌아봐요

| 자동차, 열차, 배, 비행기의 발달 과정에 맞게 빈칸에 순서대로 번호를 쓰세요.

(1) 자동차	마차	증기 자동차	가솔린 자동차	전기 자동차
(2) 열차	고속 철도	디젤 기관차	지하철	증기 기관차
(3) 배	증기선	프로펠러 배	통나무배	돛단배
(4) 비행기	제트기	비행선	플라이어호	열기구

2 다음 설명을 읽고 ( ) 안에 맞으면 ◯표, 틀리면 ✕표 하세요.

3 다음 중 전기로 움직이는 것을 두 가지 골라 ◯표 하세요.

제트기	증기 기관차	돛단배
플라이어호	전기 자동차	지하철

미래의 자동차는 어떤 모습일까?

교통수단의 발달은 사람들의 생활을 편리하게 한 대신, 두 가지 커다란 문제를 가져왔습니다. 바로 자원 고갈과 환경 오염입니다. 이 두 가지 문제를 해결하기 위해 자동차는 어떤 모습으로 변화하고 있을까요?

하이브리드 자동차

하이브리드란, 서로 다른 두 가지 이상의 것을 결합한다는 뜻입니다. 따라서 하이브리드 자동차는 에너지를 두 가지 방법으로 얻는 것으로, 기존의 가솔린 엔진과 전기 모터를 함께 사용합니다. 이렇게 하면 가솔린 연료를 절약할 수 있고, 배기가스도 적게 배출되어 환경 오염을 줄일 수 있습니다.

▲ 일본의 하이브리드 자동차

▲ 인도의 하이브리드 자동차

전기 자동차

▲ 충전 중인 전기 자동차

전기 자동차는 전기로만 움직이는 자동차입니다. 처음 전기 자동차가 나왔을 때에는 큰 주목을 받지 못했지만, 오늘날에는 환경에 대한 중요성이 커지면서 크게 주목받고 있지요.

하지만 전기 자동차가 가솔린 자동차처럼 널리 쓰이기 위해서는 아직도 해결해야 할 일이 많습니다. 주유소처럼 전기를 충전하는 곳을 많이 만들어야 하고, 한 번 배터리를 충전해서 갈 수 있는 거리도 늘려야 합니다. 또한 속도와 성능도 좀 더 개선시켜야 합니다.

태양광 자동차

에너지 문제를 이야기할 때 빠지지 않는 천연 자원이 바로 햇빛입니다. 이러한 햇빛을 이용하는 태양광 자동차는 자동차의 지붕과 엔진 덮개에 태양 전지판이 달려 있습니다. 이 전지판으로 햇빛을 모은 뒤, 그것을 전기 에너지로 바꾸어 움직이지요. 햇빛을 이용하기 때문에 흐린 날이나 눈비가 올 때는 자동차를 운행할 수 없는 문제가 있습니다. 하지만 햇빛이라는 무한한 에너지를 사용하는 만큼 앞으로도 계속 연구해야 할 자동차입니다.

▲ 태양광 자동차

자전거

자원 고갈과 환경 오염을 전혀 염려하지 않아도 되는 교통수단은 자전거입니다. 자전거는 연료를 사용하지 않기 때문이지요. 단지 튼튼한 두 다리로 힘껏 페달을 밟기만 하면 됩니다. 이런 점 때문에 최근에는 자전거 타기가 사람들 사이에 널리 퍼지고 있답니다.

▲ 옛날 자전거

▲ 오늘날 자전거

✎ 교통수단의 발달이 가져온 문제점을 해결하기 위해, 여러분 스스로 실천할 수 있는 일을 보기 와 같이 써 보세요.

보기 가까운 거리는 걸어 다닌다.

교통 예절에는 어떤 것이 있을까?

교통수단이 발달하면서 지하철, 버스와 같이 여러 사람이 함께 이용하는 교통수단이 늘어났습니다. 여럿이 함께 이용하는 교통수단 안에서 지켜야 할 예절에는 어떤 것이 있는지 다음 만화를 참고하여 써 보세요.

확인할 내용	잘함	보통	부족
1. 이번 주 학습을 5일(월요일~금요일) 안에 끝마쳤나요?			
2. 교통수단의 발달 과정을 잘 이해했나요?			
3. 교통수단이 발달하면서 생긴 문제점을 말할 수 있나요?			
4. 교통수단을 배, 자동차, 비행기, 열차로 구분할 수 있나요?			

★ 여기에 쓰세요.

★ 여기에 쓰세요.

★ 여기에 쓰세요.

BUS STOP

3주 5일
학습 끝!

붙임 딱지 붙여요.

전하는 말

105

4주

명화 속 교통수단

생각톡톡 이 사진 속 요트에 여러분이 타고 있다면 기분이 어떨지 상상하여 써 보세요.

관련교과 **[사회 3-2]** 옛날과 오늘날의 생활 모습을 비교하며 변화 탐색하기 / 환경에 따른 삶의 모습 비교하기
[사회 4-2] 사회 변화에 따른 일상생활의 모습 조사하기

연소답청

'다각다각.' 무슨 소리일까? 그래, 말발굽 소리야. 신윤복의 '연소답청'이라는 그림을 보면 마치 말발굽 소리가 들리는 것 같아.

신윤복이 누구냐고? 신윤복은 조선 시대를 대표하는 풍속화가야. 풍속화는 그 시대 백성들의 살아가는 모습을 그린 그림을 말해.

그런데 '연소답청'이란 제목이 좀 어렵다고? 이것은 '푸른 새싹을 밟는다.'는 뜻이야. 옛날에 선비들은 주로 집 안에서 글공부를 했기 때문에 들에 나갈 일이 별로 없었어. 그래서 '들놀이'라는 행사를 따로 만들었지. 우리가 체험 학습을 가는 것처럼 말이야.

이 그림을 보면 신윤복이 살던 18세기 중엽 조선 시대에 말이 어떻게 쓰였는지 알 수 있어. 말은 이 시대에 아주 중요한 교통수단이었단다.

※ 선비: 예전에, 학식은 있으나 벼슬하지 않은 사람을 이르던 말.

신윤복, '연소답청'(18세기)

1. 신윤복의 '연소답청'은 말을 타고 무엇을 하는 장면인가요? (　　　　)

① 들놀이　　② 달맞이　　③ 뱃놀이　　④ 사냥 놀이

 **2. 다음 중 조선 시대에 이용된 교통수단이 <u>아닌</u> 것은 어느 것인가요? (　　　　)**

①

가마

②

말

③

평교자

④

자동차

 3. 말을 처음 보았거나 처음 탔을 때 어떤 생각이나 느낌이 들었는지 써 보세요.

알 하리리의 마카마트: 낙타 떼(32번째 마카마트)

더운 사막에서는 말을 교통수단으로 이용할 수 있을까? 너무 덥고 건조해서 그럴 수 없을 거야. 그래서 사막에서는 더위를 잘 견디는 낙타를 교통수단으로 이용했지. 아래에서 볼 수 있는 와시티의 그림에서처럼 말이야.

와시티는 13세기 이라크 바그다드에 살았던 화가야. 이 그림에는 온통 낙타들이 가득하지? 머리를 치켜들고 쉬는 낙타들 사이로 두 마리 낙타만 무심하게 풀을 뜯고 있는 모습이 무척 재미있어.

그런데 화가는 낙타를 왜 이렇게 많이 그렸을까? 사막이 많은 이슬람* 국가에서 낙타는 절대적인 교통수단이었어. 어디를 둘러보나 사막뿐인 나라에서 낙타는 사람들이 안전하게 이동할 수 있도록 도와주는 소중한 동물이었지. 이 나라 사람들은 낙타를 타고 유럽의 여러 나라들과 물건을 주고받으면서 나라를 발전시켰단다.

그림 속에 있는 남자의 표정을 잘 봐. 낙타를 걱정하고 보살피는 마음이 표정에 잘 나타나 있지?

※ **이슬람**: 신에게 복종한다는 뜻으로, 이슬람교도가 자기 종교를 이르는 말.

와시티, '알 하리리의 마카마트: 낙타 떼(32번째 마카마트)'(1237년)

1. 사막에 대해 잘못 설명한 것은 어느 것인가요? (   )

① 날씨가 매우 덥고 건조하다.

② 일 년 내내 해가 지지 않는다.

③ 선인장과 같은 식물이 자란다.

④ 일 년 내내 비가 아주 적게 온다.

선인장 ▶

 2. 다음 중 낙타에 대한 설명으로 맞으면 ◯표, 틀리면 ✕표를 하세요.

(1) 사막에 사는 동물이다. (   )

(2) 사막에서 주로 이용되는 탈것이다. (   )

(3) 낙타의 혹 속에 물을 저장하는 주머니가 있다. (   )

(4) 여러 날 동안 물을 마시지 않아도 견딜 수 있다. (   )

3. 다음은 낙타의 신체적 특징입니다. 이 특징 중에서 하나를 골라 보기 와 같이 낙타가 사막에서 잘 다닐 수 있는 까닭과 연결시켜서 설명해 보세요.

열고 닫을 수 있는 콧구멍, 긴 속눈썹, 두껍고 넓은 발바닥

보기 낙타는 지방으로 채워진 혹이 있어서 사막에서 물과 음식을 한 달 정도 먹지 않아도 견딜 수 있다.

건초 마차

어느 조용한 시골 마을에 나무와 풀을 실어 나르는 건초 마차가 강물 속에 풍덩 빠져 있네? 사람이 집에서 쉬듯이 힘들게 일한 말도 마차도 물속에서 잠시 쉬고 있는 듯해. 시원한 물은 더위에 지친 말의 몸을 식혀 주고 마차의 뜨거워진 나무 바퀴도 식혀 주고 있지.

이 그림을 그린 컨스터블이라는 화가는 우리에게 잘 알려진 화가는 아니지만, 19세기 영국의 자연 풍경을 그대로 그린 사람이야. 이 그림을 보면 나무 한 그루, 강물 한 줄기까지 자연의 모습 그대로란다.

이 그림에서처럼 이 시기에 유럽 사람들은 마차를 많이 이용했어. 옛날 영화들을 보면 신사 숙녀들이 극장에 갈 때 멋지게 차려입고 훌륭한 마차를 타고 가잖아? 이렇게 도시 사람들이 마차를 조금 사치스럽게 이용했다면, 이 그림처럼 시골 사람들은 마차를 농사일에 소박하게 이용했어. 그래서 그림 속의 말과 마차가 자연과 어우러져 평화롭게 보이나 봐.

컨스터블, '건초 마차'(1821년경)

1. 컨스터블의 '건초 마차'에 대해 가장 알맞게 설명한 것은 어느 것인가요? (   )

① 붓에 먹물을 찍어 그린 그림이다.

② 사물의 형태를 단순화하여 표현하였다.

③ 그림 위에 나뭇잎, 천, 종이 등을 덧붙였다.

④ 나무의 색깔, 강물의 움직임 등을 자연 그대로 표현하였다.

 2. 마차에 대한 설명으로 틀린 것에 ✕표를 하세요.

(1) 말이 *끄*는 수레이다.

(　　　　)

(2) 시골에서는 농사일에 주로 이용되었다.

(　　　　)

(3) 도시에서는 전혀 사용 되지 않던 탈것이다.

(　　　　)

(4) 사람이나 짐을 나르는 데 주로 이용되었다.

(　　　　)

4주 1일 학습 끝!

붙임 딱지 붙여요.

 3. 이 그림에서 농부는 어떤 생각을 하고 있을지 상상해서 써 보세요.

화성행행도 병풍

말이나 낙타가 아니라 사람의 힘을 빌려 이동하는 교통수단도 있어. 바로 '가마'인데, '화성행행도 병풍'을 보면 가마의 모습을 볼 수 있단다.

화성은 정조가 일찍 세상을 떠난 아버지 사도 세자의 묘를 수원으로 옮기면서 만든 성이야. 그리고 '화성행행도'는 정조가 사도 세자와 혜경궁 홍씨의 회갑을 맞이하여 어머니인 혜경궁 홍씨와 화성을 둘러보러 행차하는 모습을 그린 병풍의 그림이지.

그림에서 혜경궁 홍씨가 타고 있는 가마를 찾을 수 있겠니? 푸른 천으로 둘러싸인 가마 말이야. 이렇게 가마는 집처럼 생긴 네모난 모양의 탈것으로, 여러 사람이 들어서 움직였어. 조선 시대 양반의 부인들이 주로 이용했고, 지붕이 없는 가마(평교자)는 남자 양반들이 탔단다.

※ 행차: 웃어른이 차리고 나서서 길을 감. 또는 그때 이루는 대열.

김득신, 최득현 등 '화성행행도 병풍-환어행렬도' 중 일부(18세기)

언어 1. 다음 밑줄 친 낱말 중 옛사람들의 이동 수단이었던 '가마'를 뜻하는 것은 어느 것인가요? (   )

① 사골은 <u>가마</u>에 끓여야 제맛이다.

② 이제 <u>가마</u>에 넣고 초벌구이를 해야 한다.

③ 머리에 <u>가마</u>가 있는 자리조차 아빠를 빼닮았다.

④ 우리 할머니는 <u>가마</u>를 타고 시집오셨다고 한다.

 사회 탐구 2. 수원 화성에 대한 설명으로 알맞지 <u>않은</u> 것은 어느 것인가요? (   )

① 수원에 있다.

② 정조의 지시로 만들어졌다.

③ 조선 시대의 성이다.

④ 사도 세자의 지시로 만들었다.

논술 3. '화성행행도 병풍'은 조선 시대에 왕의 행차 모습을 그린 것입니다. 그 모습을 보고 어떤 생각이나 느낌이 들었는지 보기 와 같이 써 보세요.

 보기 이렇게 큰 규모의 행차를 할 수 있을 만큼 조선 시대에는 왕의 권위가 대단했다는 사실에 놀랐다.

카르셀 거리의 정원

가마 외에도 사람의 힘으로 움직이는 또 다른 탈것이 있어. 무엇인지 궁금하지? 바로 우리가 태어나서 가장 먼저 탄……. 맞아! 유모차야.

유모차는 아이들이 타는 수레를 말해. 고갱의 '카르셀 거리의 정원'이라는 그림을 보면 서양에서는 1881년에 이미 유모차가 있었다는 것을 알 수 있지.

그림에 바퀴가 달린 유모차가 보이지? 그 속에는 세상에서 가장 편한 자세로 콜콜 잠든 아기도 있어. 어느 햇살 좋은 날, 프랑스 파리의 카르셀 거리로 엄마가 갓난아기를 유모차에 태우고 아이들과 산책을 나온 거야. 엄마는 아이들을 흐뭇하게 바라보며 아기에게 입힐 옷을 정성껏 뜨고 있지.

이 그림을 그린 고갱은 아마도 산책 나온 엄마와 아이들과 가까이 있었을 거야. 가까이에서 아이들과 엄마의 사랑스러운 모습을 화폭에 담은 거지.

고갱, '카르셀 거리의 정원'(1881년)

1. 보기 와 같은 뜻으로 쓰인 '정원'은 어느 것인가요? (   )

> **보기**　　　카르셀 거리의 정원

① 이 차는 정원이 35명이다.

② 정원에 장미꽃이 가득 피어 있다.

③ 네가 그린 동그라미는 정원이 아닌 것 같다.

④ 이 모임의 정원이 되려면 일정한 시험을 거쳐야 한다.

2. 다음 중 '유모차'에 대해 바르게 말한 친구는 누구인가요? (   )

①
어른들이 즐겨 타는 거야.

②
사람의 힘으로 움직이지.

③
화가 고갱이 처음 만들었어.

④
프랑스에서만 사용한단다.

3. 이 그림의 제목은 '카르셀 거리의 정원'입니다. 이 그림에 새로운 제목을 붙이고 그렇게 이름 붙인 이유를 써 보세요.

(1) 제목:

(2) 이유:

불로뉴 숲의 자전거 별장

아이들은 유모차를 벗어나 걷기 시작하면 또다시 타고 다니는 게 있지. 바로 '따르릉따르릉' 자전거야. 이 그림 속의 사람들처럼 말이야.

이 그림 속 사람들은 나무들이 우거진 숲속 별장으로 자전거를 타고 왔어. 사람들은 자전거를 세워 두고 별장 식당에서 차를 마시며 이야기를 나누지. 그런데 한쪽에서는 자전거 타는 것이 서툰 여자가 치마를 벗어 던지고 바지 차림으로 자전거 타는 것을 연습하고 있어. 자전거를 타자니 풍성한 치마가 불편했을 거야.

이 그림을 그린 장 베로는 19세기 말 프랑스 파리 사람들의 생활을 그림으로 옮겼어. 베로가 살던 당시 사람들이 주로 타던 교통수단은 마차야. 하지만 이 그림에서처럼 자전거도 타고 다녔지. 자전거는 예나 지금이나 가까운 거리를 이동할 때 아주 편리한 교통수단이거든.

베로, '불로뉴 숲의 자전거 별장'(19세기경)

사회 탐구 1. '유모차'와 '자전거'의 공통점으로 알맞은 것을 두 가지 찾아 ◯표 하세요.

(1)
> 바퀴가 달렸다.

(   )

(2)
> 짐을 나르지 못한다.

(   )

(3)
> 사람을 한꺼번에 많이 태울 수 있다.

(   )

(4)
> 사람의 힘으로 움직이는 탈것이다.

(   )

 사회 탐구 2. 버스, 자동차, 오토바이보다 자전거를 타면 더 좋은 점은 무엇인가요? (   )

① 다칠 위험이 전혀 없다.
② 매연가스를 배출하지 않는다.
③ 많은 사람을 한꺼번에 나를 수 있다.
④ 석유나 가스 같은 화석 연료를 사용한다.

논술 3. 만일 다음 장면이 남자가 여자에게 자전거 타는 방법을 알려 주는 상황이라면, 두 사람은 어떤 말을 주고받았을지 상상해서 써 보세요.

4주 2일
학습 끝!

붙임 딱지 붙여요.

119

03 1897년 불로뉴 숲에서 자동차를 타는 골드스미스가의 부인들

교통수단 중 가장 먼저 생각나는 건 어떤 걸까? 물론 사람마다 다르겠지만, 아마 많은 사람들이 '자동차'를 떠올릴 거야. 그만큼 자동차는 대표적인 교통수단이라고 할 수 있지.

가솔린 자동차가 발명된 이후, 20세기는 '자동차의 시대'라고 말할 정도로 자동차의 수가 급격하게 늘었어. 사람들은 자동차를 타고 먼 거리를 빠르게 이동하기도 하고, 여행을 떠나기도 했지. 바로 이 그림에 나온 사람들처럼 말이야.

이 그림을 그린 줄리어스 스튜어트는 유명한 미술품 수집가의 아들이었어. 그의 아버지는 뛰어난 안목을 가지고 있었고, 밀레, 루소와 같이 재능 있는 예술가들을 후원했지. 그 덕분에 스튜어트는 어린 시절부터 많은 예술 작품을 보면서 자랄 수 있었단다.

이런 스튜어트의 눈에 길거리에 새롭게 등장한 자동차는 매우 신기한 물건이었지. 그래서 자동차를 타고 기분 좋게 달리는 아름다운 두 숙녀와 강아지 한 마리를 화폭에 담은 거야.

＊ **안목**: 사물을 보고 분별하는 눈.

스튜어트, '1897년 불로뉴 숲에서 자동차를 타는 골드 스미스가의 부인들'(1901년)

언어 1. 다음 중 자동차의 시대라 불리는 20세기는 언제인가요? (   )

① 1701~1800년   ② 1801~1900년   ③ 1901~2000년   ④ 2001~2100년

사회 탐구 2. 다음은 교통수단의 발달 과정을 순서대로 정리한 것입니다. 빈칸에 들어갈 낱말로 알맞은 것은 무엇인가요? (   )

말, 가마 → 수레 → □ 자동차 → 전기 자동차

① 물   ② 태양열   ③ 가솔린   ④ 프로펠러

논술 3. 최초의 가솔린 자동차는 카를 벤츠가 만든 '페이턴트 모터바겐'입니다. 맨 처음 자동차를 발명한 카를 벤츠에게 하고 싶은 말을 편지로 써 보세요.

▲ 페이턴트 모터바겐

카를 벤츠 아저씨에게

생라자르역

먼 거리를 이동할 때 자주 이용하는 탈것으로는 기차가 있어. 이 기차를 생동감 있게 담아낸 그림이 있지. 바로 '생라자르역'이라는 그림인데, 이 그림은 풍경화를 주로 그린 클로드 모네라는 화가가 그렸어.

모네는 역의 풍경을 그리기 위해 아예 기차역 근처에 집을 얻어 이사를 했어. 그리고 오랜 시간 기차역을 지켜보며 그림을 그렸지.

레일 위를 달리는 기차는 스티븐슨이라는 사람이 발명했어. 기차 덕분에 사람들은 가고 싶은 곳을 비교적 쉽게 갈 수 있게 되었지. 또한 많은 양의 물건을 기계의 힘으로 실어 나를 수 있게 되었고. 그래서 기차는 산업 발달과 떼려야 뗄 수 없는 관계에 있단다.

이 그림을 그린 모네는 '빛의 화가'라고 불리는데, 이 작품에서도 기차가 뿌옇게 뿜어낸 수증기 사이로 따뜻하게 스며드는 빛을 볼 수 있지. 이제 막 도착한 기차를 보면서 여행에서 돌아온 사람의 기분을 느껴 보렴.

모네, '생라자르역'(1877년)

1. 다음 중 기차처럼 레일을 이용하는 교통수단을 두 가지 고르세요. ( )

①
버스

②
전철

③
마차

④
고속 철도

 2. 기차에 대한 설명으로 알맞지 <u>않은</u> 것은 어느 것인가요? ( )

① 산업 발달에 큰 역할을 했다.
② 정해진 레일로만 다닐 수 있다.
③ 비행기에 비해 속도가 빠른 편이다.
④ 한 번에 많은 사람, 많은 물건을 옮길 수 있다.

3. 다음은 전국의 철도 노선을 간략하게 나타낸 것입니다. 기차를 타고 여행 가고 싶은 곳은 어디인지 그 까닭과 함께 써 보세요.

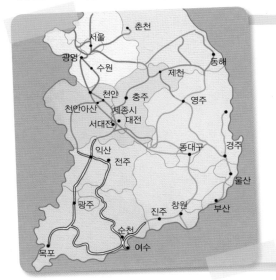

(1) 기차 여행을 가고 싶은 곳 :

(2) 까닭 :

03 빨랫줄이 걸린 집들, 또는 도시 변두리

지금은 보기 힘든 풍경이지만, 우리 엄마들이 어릴 적만 해도 도시 변두리 집들에는 빨랫줄이 처진 마당이 있었어. 아이들은 빨래가 옹기종기 내걸려 있는 빨랫줄 아래에서 장난을 치며 놀았지. 집들이 빼곡히 늘어서 있고 집집마다 빨래가 널려 있는 이 그림처럼 말이야.

그런데 이 그림을 자세히 들여다보면 조금 특별한 것이 있지? 맞아! 보트가 묶여 있어. 보트는 갑판이 없는 작은 배를 말해. 이렇게 작은 강물을 건널 수 있는 교통수단이지. 지금은 유원지에서 여가나 휴식을 즐길 때 주로 사용되고 있지만 말이야.

참, 이 그림을 그린 사람은 에곤 실레라고 해. 오스트리아의 화가로 딱딱한 선을 효과적으로 그림에 담아내고는 했지.

※ 갑판: 큰 배 위에 나무나 철판으로 깔아 놓은 넓고 평평한 바닥.

실레, '빨랫줄이 걸린 집들, 또는 도시 변두리'(1914년)

예체능 1. 실레의 '빨랫줄이 걸린 집들, 또는 도시 변두리'와 같이 자연의 경치를 그린 그림을 무엇이라고 하나요? (   )

① 풍경화   ② 정물화   ③ 인물화   ④ 추상화

사회탐구 2. 다음 보트에 대한 설명으로 알맞지 <u>않은</u> 것은 어느 것인가요? (   )

① 갑판이 없다.

② 크기가 작은 배이다.

③ 주로 육상에서 이용한다.

④ 노를 젓거나 모터에 의하여 앞으로 나아간다.

논술 3. 보기 와 같이 다음 밑줄 친 낱말의 기본형을 쓰고, 짧은 글을 지어 보세요.

> **보기** • 강물 위에 두둥실 <u>떠</u> 있는 요트
> → (1) 기본형: 뜨다   (2) 짧은 글: 달은 어디에 떠 있을까?

• 배가 <u>머물러</u> 있는 나루터

→ (1) 기본형: ....

   (2) 짧은 글: ....

 4주 3일 학습 끝!

붙임 딱지 붙여요.

라로쉘 항구의 입성

바다 위에 떠 있던 배가 바람에 따라 천천히 움직이는 모습을 본 적이 있니? 이렇게 돛이 달려 있어 바람을 받아 움직이는 배를 '돛단배'라고 해. '범선'이라고도 부르지.

폴 시냐크의 '라로쉘 항구의 입성'이라는 그림을 봐. 돛단배가 많이 있지? 배가 잠시 머무는 항구라 이렇게 많은 배가 모여 있는 거야.

이런 배를 타면 어떨까? 바람이 부는 대로 넓은 바다 위를 가로질러 어디론가 떠나고 싶을 거야. 이런 생각은 옛날 사람들도 마찬가지였어. 사람들은 배를 타고 어디론가 모험을 떠나고 싶어 했지. 15세기에 신대륙을 찾아 떠난 콜럼버스가 탔던 산타 마리아호도 돛단배였단다.

참, 이 그림을 그린 폴 시냐크는 신인상주의를 대표하는 화가야. 이 그림은 작은 색점을 찍어서 그리는 점묘법을 이용하였지.

※ 입성: 성안으로 들어감. 또는 노력 끝에 바라던 세계나 방향으로 나아가게 됨을 빗대어 이르는 말.
※ 신인상주의: 1886년 프랑스의 쇠라, 시냐크 등을 중심으로, 인상파(빛을 받아 변하는 색채를 묘사하는 데 중점을 둔 집단)의 수법을 더욱 과학적으로 추구하여 일어난 회화의 한 경향.

시냐크, '라로쉘 항구의 입성'(1921년)

예체능 1. 시냐크의 '라로쉘 항구의 입성'처럼 점묘법으로 그려진 그림을 찾아 ◯표 하세요.

(1)

쇠라, '그랑자트섬의 일요일
오후'(1886년) (　　　　)

(2)

루소, '뱀을 부리는 주술사'
(1907년) (　　　　)

 **사회
탐구** 2. 돛단배에 대해 잘못 말한 것은 어느 것인가요? (　　　　)

① 범선이라고도 한다.
② 해상 교통수단이다.
③ 돛을 달아 바람의 힘으로 움직인다.
④ 콜럼버스가 죽은 이후에 등장하였다.

논술 3. 이 그림 속에는 해상 교통 시설인 항구가 나옵니다. 여러분이 사는 지역의 교통 시설에는 무엇이 있는지 보기 를 참고하여 한 문장으로 써 보세요.

보기	
(1) 도로
교통 시설	버스 정류장, 버스 터미널,
고속 도로, 국도 등
(2) 철도
교통 시설	철도, 전철역, 기차역 등
(3) 해상
교통 시설	수로(뱃길), 항구 등
(4) 항공
교통 시설	항공로, 공항 등

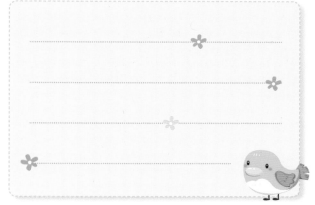

기구

사람들은 오래전부터 하늘을 날고 싶어 했지. 그래서 기구, 비행선, 글라이더 등을 만들었단다. 그중 기구가 등장하는 그림이 있어. 바로 피에르 퓌비 드샤반이라는 화가가 그린 '기구'라는 그림이야.

드샤반은 자신이 살고 있는 파리가 전쟁으로부터 안전하기를 바라며 이 그림을 그렸어. 이 그림 속의 여자를 보렴. 기구에 자신의 바람을 실어 보내고 있는 것 같지?

기구는 뜨거운 공기를 주머니에 채운 '열기구'와 공기보다 가벼운 수소 가스나 헬륨 가스를 주머니에 채운 '가스 기구'로 나눌 수 있어. 열기구는 1783년 몽골피에 형제가

드샤반, '기구'(1870년)

발명한 이후 오늘날까지 이용되는 탈것 중에 하나야.

가스 기구도 열기구와 같은 해에 만들어졌어. 가스 기구는 장거리 비행을 할 수 있어서 그 당시 전쟁 때 우편물을 운반하거나 사람을 탈출시키는 용도로 많이 사용되었지.

※ 글라이더: 엔진이나 프로펠러 같은 장치 없이 바람의 힘 등을 이용하여 비행하는 항공기.

1. 기구와 같이 하늘 위를 날고 싶어 만들어진 것에 모두 ◯표 하세요.

(1)

비행선

( )

(2)

자동차

( )

(3)

글라이더

( )

 2. 기구에 대해 바르게 설명하지 <u>못한</u> 것은 어느 것인가요? ( )

① 열기구와 가스 기구가 있다.

② 과거에 가스 기구는 전쟁 때 많이 이용되었다.

③ 가스 기구는 공기보다 무거운 수소 가스나 헬륨 가스를 이용한 것이다.

④ 열기구는 뜨거운 공기가 차가운 공기보다 가벼운 성질을 이용한 것이다.

 3. 기구에 소망을 적어 날려 보내려고 합니다. 여러분의 소망을 써 보세요.

낚시꾼들

루소, '낚시꾼들'(19세기경)

이 그림은 한가롭게 낚시하는 사람들 위로 비행기 한 대가 지나가는 모습을 담고 있어. 앙리 루소라는 프랑스 화가가 그린 그림인데, 이 그림 속에는 당시 비행기의 모습이 그대로 담겨 있단다.

라이트 형제가 만든 비행기가 1908년 프랑스에 소개되었어. 아래위로 두 장의 앞날개가 있는 복엽기였지. 루소는 이것을 그의 여러 작품에 그렸어. '낚시꾼들'은 아마도 1908년 후에 그려졌을 것으로 보여. 참, 라이트 형제는 1903년 역사상 처음으로 엔진이 있는 비행기인 플라이어호를 만들어서 하늘을 나는 데 성공한 사람들이란다.

비행기의 발명은 사람도 새처럼 날 수 있다는 가능성을 보여 준 획기적인 사건이었어. 비행기가 발명되면서 세계 곳곳을 빠르고 자유롭게 다니게 되었거든.

그런데 이 그림 속에서 낚시질하는 사람들을 보렴. 비행기가 하늘을 날든 말든 낚시질만 계속할 뿐 도통 관심이 없지. 참 재미있는 풍경이지?

루소, '낚시꾼들'(19세기경)

1. 다음 중 루소가 살았던 당시 비행기 중 '복엽기'의 모습으로 알맞은 것에 ◯표 하세요.

(1) 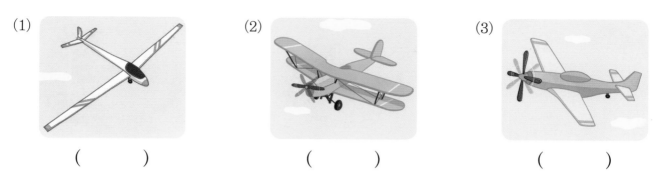 (   )

(2) (   )

(3) (   )

 2. 다음 중 비행기와 관련된 설명으로 알맞지 <u>않은</u> 것은 어느 것인가요? (   )

① 사람들의 활동 범위를 획기적으로 넓혀 주었다.

② 공항, 항공로와 같은 항공 교통 시설이 발전하게 되었다.

③ 사람과 물자를 가장 빠르게 실어 나르는 오늘날의 교통수단이다.

④ 1908년에 라이트 형제가 세계 최초로 엔진이 있는 비행기를 만들었다.

3. '낚시꾼들'이 21세기 대한민국의 인천 국제공항을 배경으로 그려졌다면 비행기의 모습은 어떻게 바뀌었을지 그려 보세요.

4주 4일
학습 끝!

붙임 딱지 붙여요.

131

✏️ 다음 보기 의 그림을 보고 물음에 답하세요.

보기

①

②

③

④

⑤

⑥

⑦

⑧

⑨

❙ 다음 교통수단이 등장하는 그림의 번호를 찾아 쓰세요.

(1) 말 ·············· (   )

(2) 낙타 ········· (   )

(3) 자동차 ······ (   )

(4) 자전거 ···· (   )

(5) 기차 ·········· (   )

(6) 보트 ········· (   )

(7) 돛단배 ······ (   )

(8) 기구 ········· (   )

(9) 비행기 ······ (   )

2 다음 그림을 그린 화가의 이름과 제목을 찾아 줄로 이으세요.

(1) ②번 그림 •   • ㉠ 드샤반 •   • ㉤ 낚시꾼들

(2) ③번 그림 •   • ㉡ 신윤복 •   • ㉥ 기구

(3) ⑥번 그림 •   • ㉢ 모네 •   • ㉦ 생라자르역

(4) ⑨번 그림 •   • ㉣ 루소 •   • ㉧ 연소답청

3 다음에서 설명하는 그림의 번호를 찾아 쓰세요.

- 신인상주의 화가인 시냐크가 그린 작품이다.
- 해상 교통 시설인 항구의 모습을 그린 것이다.
- 작은 색점을 찍어서 그리는 점묘법을 이용하였다.
- 돛이 바람을 받아 그 힘으로 움직이는 배의 모습을 볼 수 있다.

(   )

4 다음과 관계있는 교통수단이 담긴 그림을 모두 찾아 번호를 쓰세요.

(1) 철도 교통	(2) 해상 교통	(3) 항공 교통

133

날고 싶은 인간의 욕망, 비행기

하늘을 나는 것은 인간의 아주 오랜 꿈이었어요. 옛 신화 속에도 그것이 나타나 있지요. 날고 싶은 인간의 욕망이 어떻게 이루어져 갔는지 함께 살펴보아요.

이카로스의 날개

크레타섬의 미노스 왕은 솜씨 좋은 다이달로스에게 괴물 미노타우로스를 가둘 미궁을 만들게 했어요. 미궁은 한 번 들어가면 쉽게 나올 수 없는 미로를 말해요. 미노타우로스는 이 미궁에 갇혀서 제물로 바쳐지는 소년과 소녀들을 먹고 살았어요.

그런데 아테네의 영웅 테세우스가 미노타우로스의 제물로 바쳐지는 사람들을 구하기 위해 미궁으로 뛰어들었지요. 테세우스를 좋아하게 된 미노스 왕의 딸 아리아드네는 다이달로스에게 미궁을 빠져나올 수 있는 방법을 물었어요. 그리고 그 방법을 테세우스에게 알려 주었답니다.

결국 테세우스는 미노타우로스를 죽이고 그곳에 갇힌 사람들과 함께 미궁을 빠져나옵니다. 이 사실을 알게 된 미노스 왕은 다이달로스와 그의 아들 이카로스를 미궁에 가두어 버렸어요. 다이달로스는 미궁을 빠져나가기 위해 새의 깃털을 모아 끈끈한 밀랍으로 붙여서 날개를 만들었지요. 다이달로스와 이카로스는 이 날개를 어깨에 붙이고 하늘을 날아서 미궁을 빠져나왔어요. 그런데 아들 이카로스는 아버지의 말을 어기고 태양 가까이 올라갔다가 밀랍이 녹는 바람에 날개가 망가져서 떨어져 죽고 말아요.

기구, 글라이더, 플라이어호

▲ 플라이어호

인간이 하늘을 처음 난 것은 1783년 프랑스의 몽골피에 형제가 기구를 이용해 하늘을 난 것부터예요. 그러나 기구는 바람의 영향을 받기 때문에 전쟁 때 외에는 잘 이용되지 않았지요.

그다음에 등장한 것이 바람의 힘을 이용해 나는 글라이더였어요. 1800년대 초에 영국의 조지 케일리 경이 처음으로 글라이더 비행에 성공했지만, 엔진이 없었기 때문에 다른 동력 장치의 도움을 받아야 뜰 수 있었고 비행 속도도 느렸지요.

그래서 꾸준히 엔진을 연구하다가 1903년, 드디어 라이트 형제의 플라이어호가 비행에 성공함으로써 본격적인 비행기의 시대가 열리게 되었답니다.

조선 시대, 비행 물체 '비차'

비차는 하늘을 나는 수레예요. '비거'라고도 하지요. 라이트 형제가 비행기를 만든 것보다 앞서 하늘을 날았던 물체로 알려져 있어요. 비차는 임진왜란(1592~1598년) 때 만들어졌다고 해요.

하지만 비차에 관한 자료는 책에서밖에 찾을 수 없지요. 만약 비차의 실물이 남아 있다면 우리나라 비행의 역사가 바뀔 텐데 말이에요.

🖊 항공 교통은 '기구→글라이더→라이트 형제의 플라이어호→프로펠러 비행기→제트 엔진 비행기→우주선'의 순서로 발달하였습니다. 이렇게 교통수단이 발달하면 좋은 점은 무엇인지 여러분의 생각을 써 보세요.

내가 할래요

교통수단이 있는 그림 그리기

교통수단, 즉 탈것이 담겨 있는 여러 그림을 살펴보았습니다. 지금까지 살펴본 탈것 중에 여러분은 어떤 것을 가장 타고 싶나요? 보기 와 같이 가장 타고 싶은 교통수단을 넣어 그림을 그리고, 그 그림을 설명해 보세요.

보기

어느 화창한 아침, 한 신사가 강에서 노란 돛단배를 타고 친구 집으로 가고 있다.

4주
학습 끝!

확인할 내용	잘함	보통임	부족함
1. 이번 주 학습을 5일(월요일~금요일) 안에 끝마쳤나요?			
2. 명화에 나오는 여러 교통수단을 잘 살펴보았나요?			
3. 교통수단을 보며 당시의 생활을 이해할 수 있나요?			
4. 특징에 따라 교통수단을 나눌 수 있나요?			

1주 자동차의 왕, 헨리 포드

1주 11쪽 생각 톡톡

예 먼 곳에 있는 친구를 자주 만날 수 없다.

1주 13쪽

1 (2) ○   2 ①   3 예 (1) 빵집 (2) 고소한 빵 냄새로 인해 기분이 좋아지기 때문이다.

1 헨리는 농장에서 자랐습니다. 농장은 농토, 농기구, 가축 등을 갖추어 놓고 농사일을 하는 곳입니다.

2 본문에 '헨리는 농장 일보다 기계에 관심이 많았습니다.'라고 적혀 있습니다.

3 호기심이 생기거나 괜히 기분이 좋아지는 장소를 써 봅니다.

1주 15쪽

1 ③   2 (3) ○   3 예 (1) 수의사 (2) 얼마 전 강아지를 입양했는데 강아지를 돌보는 일이 적성에 맞다는 생각이 들었다.

1 헨리는 운전사에게 자주차의 가격을 묻지는 않았습니다.

2 자주차에는 엔진이 달려 있어 그 힘으로 스스로 달립니다.

3 어떤 일이 일어나거나 변화하도록 만드는 결정적인 원인이나 기회를 '계기'라고 합니다. 장래 희망을 정하게 된 계기를 써 봅니다.

1주 17쪽

1 (2) ○   2 ③   3 예 지하철역 계단에서 무거운 짐을 들고 올라오시는 할머니를 보고, 계단 위까지 짐을 옮겨 드렸다. 그때 팔은 좀 아팠지만 기분은 좋았다.

1 기계 따위의 어떤 부분에 쓰이는 물품을 부품이라고 합니다.

2 잘난 척하는 것은 직업이 있어서 좋은 점이라고 할 수 없습니다.

3 똑같은 일을 해도 몸이 피곤기만 한 일과, 몸은 피곤하고 힘들지만 기분이 좋은 일이 있습니다. 몸이 아픈 것도 잊을 만큼 보람을 느꼈거나 기뻤던 경험을 생각해 봅니다.

1주 19쪽

1 (1) ㉡ (2) ㉠   2 ①   3 예 회사에서 실력을 인정받아 기쁘기는 하지만, 여기에 만족할 수 없어. 하루빨리 엔진 자동차를 만들어야 해.

1 도시에서는 주로 공장이나 사무실 등에서 일을 하며, 촌락에서는 주로 농사를 짓거나 고기 잡는 일을 합니다.

3 헨리가 자기의 꿈은 아직 이루지 못했지만, 회사에서 실력을 인정받았을 때 어떤 마음이 들었을지 짐작해 봅니다.

1주 21쪽

1 ④   2 ①   3 예 자동차 연구도 좋지만 이렇게 벽을 함부로 부수다니, 당신은 정말 자동차에 미친 사람이군요.

1 가솔린 자동차는 석유에서 나오는 휘발유로 움직이는 자동차입니다.

2 헨리는 증기가 아니라 가솔린으로 작동하는 엔진을 만들기 위한 연구를 했습니다.

3 벽을 부수는 헨리의 마음이 어땠을지 생각하면서 자신의 느낌을 자유롭게 써 봅니다.

1 ⑴ ○   **2** ②   **3** 예 자전거를 못 타서 친구들에게 놀림을 받는데, 형이 처음부터 잘 타는 사람은 없다고 말해 줘서 용기가 생겼다.

1 ⑵는 짐을 등에 질 때 쓰는 '지게'이고, ⑶은 곡식을 갈 때 쓰는 '맷돌'입니다.

2 에디슨 전기 회사에서는 헨리가 공장에서 더 중요한 책임을 맡기를 바랐습니다.

3 작은 격려가 때로는 큰 힘이 될 때가 있습니다. 격려를 받은 경험을 떠올립니다.

1 ○   **2** ①, ②   **3** 예 자신감 있는 태도도 중요하지만 나에게도 부족한 점이 있다는 것을 알고 겸손한 마음을 가져야 한다.

1 자동차를 만드는 것은 생활에 필요한 것을 만드는 생산 활동으로 제조업에 속합니다.

2 헨리는 자동차 제조 기술은 뛰어났지만 사업 경험은 없었습니다.

3 자동차 연구는 혼자서도 할 수 있지만 회사를 운영하는 것은 혼자 할 수 없는 일입니다.

1 ①, ②   **2** ⑴ ○ ⑵ ○   **3** 예 '실패는 성공의 어머니'라는 말이 있듯이 한 번 실패한 경험을 바탕으로 더욱 열심히 노력할 것이기 때문에 투자할 것이다.

1 헨리는 자신이 만든 자동차의 성능을 알리기 위해 경주에 참가하였습니다.

2 회사를 세울 때 이윤을 많이 얻을 수 있는지 살펴보아야 하지만, 사회에 기여할 수 있는지도 살펴보아야 합니다.

3 실패한 경험이 있는 헨리의 자동차 사업에 투자할지 안 할지 솔직한 마음을 써 봅니다.

1 ④   **2** ③   **3** 예 ⑴ 넘버원 ⑵ 최고의 자동차가 되라고

1 자동차 한 대를 만드는 데 많은 비용이 들어 큰 이윤이 남지 않았습니다.

2 회사를 세우고 새로운 물건이나 기술을 개발하여 이윤을 얻는 사람을 '기업가'라고 합니다.

3 여러분이 헨리라면 첫 번째로 생산한 자동차에 어떤 이름을 붙였을지 써 봅니다.

1 이윤   **2** ①   **3** 예 사람이 손과 발을 사용하지 않고, 목적지를 입력하면 스스로 움직여서 목적지까지 가는 자동차를 만들고 싶다.

1 이윤은 기업이 생산한 상품이나 서비스의 비용에서 그 상품이나 서비스를 만들 때 들어간 비용을 뺀 금액을 의미합니다.

2 '포드 모델 T'는 당시 다른 자동차에 비해 훨씬 싼 가격에 판매되었습니다.

3 여러분이 생각하는 멋진 자동차를 상상하여 써 봅니다.

1주 33쪽

1 ② **2** ② **3** 예 사회에 도움이 되는 새로운 물건이나 기술을 만들고 그로 인해 얻은 이윤을 사회를 위해 쓰는 사람이다.

2 벨트 컨베이어 시스템이란 부품이나 제품이 벨트식 이동 장치를 지나 사람에게 전달되는 것입니다.

3 사회에 도움이 되는 새로운 물건이나 기술을 개발하기 위해 노력하는 사람이 훌륭한 기업가라고 할 수 있습니다.

1주 35쪽

1 ①, ② **2** ③ **3** 예 (1) 포드 모델 T를 낳은 신의 손 (2) 세계 자동차 역사에 길이 남은 '포드 모델 T'를 만들었기 때문에

1 포드 자동차 회사는 당시 '노동자의 천국'으로 인정받기도 하였습니다.

2 '바퀴 위에 세계를 올려놓은 자동차'라는 말의 의미는 그 자동차가 세계적으로 인기를 얻었다는 뜻입니다.

3 자동차 연구와 개발에 평생을 바친 헨리 포드의 모습에 알맞은 별명을 생각해 봅니다.

1주 36~37쪽   되돌아봐요

1 (1) ○ (3) ○ (4) ○ (5) ○ **2** (1) ② (2) ③ (3) ⑥ (4) ⑤ (5) ④ (6) ① **3** 예 (1) 월급을 많이 받을 수 있는데도 꿈을 포기하지 않다니…… 눈에 보이는 성공에 만족하지 않고 꿈을 향해 달린 모습이 대단하다고 생각한다. (2) 자동차를 연구하는 일만 한 것이 아니라 사람들에게 알리기 위해 직접 발로 뛰는 모습이 정말 멋지다. (3) 더 많은 사람이 자동차를 탈 수 있도록 가격을 낮추기 위해 고민한 것이 놀랍다.

1 헨리는 어렸을 때부터 기계에 관심이 많았습니다.

2 고향을 떠난 헨리가 어떤 과정을 거쳐 '포드 모델 T'를 생산했는지 떠올려 봅니다.

3 자동차를 만들겠다는 한 가지 꿈을 향해 열심히 달려온 헨리 포드의 모습을 보면서 느낀 점을 써 봅니다.

1주 39쪽   궁금해요

예 식량이 부족해서 고통받는 가난한 나라의 어린이를 돕고 싶다.

● 기업가가 되어 자선 활동을 한다면 어떤 활동을 하고 싶은지 생각해 봅니다.

1주 41쪽   내가 할래요

예 예시 그림 생략 / 어린이도 쉽게 운전할 수 있고, 스펀지로 만들어져서 안전하다.

● 자동차를 디자인하는 사람이 되어서 자동차를 직접 그려 봅니다.

예 기구를 타고 가요. / 말을 타고 가요.

1 ②   **2** ⑴ ○ ⑵ X ⑶ X ⑷ ○   **3** **예** 할머니, 할아버지에게 바퀴가 달린 수레를 만들어 드린다. 수레는 물건을 많이 실을 수 있고, 바퀴가 있어서 크게 힘들이지 않고 물건을 운반할 수 있으므로, 할머니와 할아버지의 어려움을 해결할 수 있다.

1 '고뿔'은 코에 불이 났다는 뜻에서 유래한 말로, 감기를 일상적으로 이르는 말입니다.

2 나무는 뿌리에서 물을 흡수하며, 과일은 대개 나무의 열매 부분에 해당합니다.

3 늙은 부부가 힘들이지 않고 나무를 나를 수 있는 도구로 무엇이 좋을지 생각해 봅니다.

1 ④   **2** ①   **3** **예** 당나귀는 사람을 태우고 이동하는 일을 한다. / 당나귀는 무거운 짐을 나르는 일을 한다.

1 '묵어가다'는 '일정한 곳에 머물며 자고 가다'라는 뜻입니다.

2 당나귀는 말과 비슷하게 생겼지만, 몸이 작고 앞머리에 긴 털이 없으며 귀가 깁니다.

3 선비의 말에 따르면 당나귀는 무거운 짐을 나르고, 어디든 갈 수 있습니다.

1 ②   **2** ①   **3** **예** 이 험한 산속에서 장터까지 가려면 몇 날 며칠을 가야 하는데 어쩌지? / 당장 장터에 가서 사고 싶지만 늙은 몸으로 그곳까지 어떻게 갈까?

1 어떤 일에 실망했을 때 고개를 숙이게 되고, 그러면 코가 아래로 향하게 됩니다. 이런 모습을 '코가 빠지다'라고 표현합니다.

2 ①은 김홍도의 '행상', ②는 신윤복의 '쌍검대무', ③은 정선의 '인왕제색도'입니다.

3 늙은 부부의 입장이 되어 생각해 봅니다.

1 ②   **2** ③   **3** **예** 영감님은 강을 건너는 일이 걱정되었기 때문이다.

1 받침이 있는 말 바로 뒤에 모음이 오면, 받침의 소리를 모음과 이어서 발음합니다.

3 영감님은 마지막 고개를 다 넘었을 때 힘겨워했습니다. 그런데 난생처음 큰 강을 보니 큰 강을 건너는 일이 걱정되었을 것입니다.

1 ③   **2** ①   **3** **예** 뗏목을 만들어서 강을 건넌다. / 수영을 잘하는 사람의 등에 매달려 간다.

1 사공이 저어 온 것은 나룻배입니다.

3 강을 건너는 창의적인 방법을 생각합니다.

2주 55쪽

1 ①, ② 2 ③ 3 예 유조선: 기름을 실어 나르는 배이다. / 여객선: 여행하는 사람을 실어 나르는 배이다. / 화객선: 화물과 여행하는 사람을 동시에 운반하는 배이다. / 화물선: 여러 가지 물건을 실어 나르는 배이다. / 요트: 관광과 항해, 경주를 목적으로 하는 배이다.

1 밭을 가는 데는 '소', 강을 건너는 데는 '나룻배'가 이용됩니다.

2 '탈것-탈것을 조종하는 사람'으로 연결되어 있지 않은 것을 찾습니다.

3 배의 종류를 찾아서 정리해 봅니다.

2주 57쪽

1 ④ 2 ③ 3 예 힘세고 다리가 튼튼한 당나귀를 사야 한다. 왜냐하면 나무나 짐을 거뜬히 실어 날라서 늙은 부부의 일을 도와주어야 하기 때문이다.

1 영감님은 처음 본 장터가 너무 신기해서 눈이 휘둥그레졌습니다.

3 영감님이 당나귀를 사려는 이유는 무엇인지 생각해 봅니다.

2주 59쪽

1 ③ 2 ① 3 예 한 달만 당나귀를 사용할 수 있는 돈을 주고, 나머지 돈은 자신의 집에 찾아와서 받으라고 할 것이다.

2 '-만 주시오'라고 한 것으로 보아 당나귀의 가격을 그 자리에서 결정한 듯합니다.

3 모자라는 돈을 구하는 방법, 꾀로 부족한 돈을 보충하는 방법 등을 생각해 봅니다.

2주 61쪽

1 ① 2 ① 3 예 당나귀는 새끼를 낳는 동물이에요. 그리고 그것은 알이 아니라 수박이고요. 순진한 영감님을 속이면 안 돼요.

1 뜻이 반대되는 말은 '반대말' 또는 '상대어'라고 합니다.

2 닭과 같은 조류는 알을 낳습니다.

3 수박 장수의 잘못을 꼬집어 봅니다.

2주 63쪽

1 수박 2 수박이 썩는다. 3 예 당나귀 알이라고 믿다: 말도 안 되는 사실을 믿는다.

2 수박을 따뜻하게 두면 상합니다.

3 실제로 존재하지 않는 '당나귀 알'을 이용하여 재미있는 말을 만들어 봅니다.

2주 65쪽

1 ② 2 사흘, 나흘 3 예 수박 장수가 냄새가 나도 절대로 이불을 들춰 보지 말라고 했기 때문이다.

1 영감님 같은 사람이 나오지 않으려면 교육을 잘 시키고 여러 지역 간에 교류가 활발히 이루어지도록 합니다.

3 수박 장수가 했던 말을 찾아봅니다.

1 ④　2 ②　3 **예** 진리: 물건을 살 때에는 신중하게 생각하고 다른 사람의 의견도 들어보아야 해요. 영감님처럼 속지 않게 말이에요.

1 부인의 성격은 이불을 들춰 본 것으로 보아 적극적이지만, 썩은 수박을 던진 것으로 보아 신중하다고 할 수는 없습니다.

3 여러 사람의 의견을 보고 생각을 써 봅니다.

1 ②→④→⑥→①→⑤→③　2 (1) 트럭, 승용차
(2) 여객선　3 (1) ㉠ (2) ㉢ (3) ㉡

2 당나귀는 육로로 사람과 짐을 날랐으며, 나룻배는 강을 건너게 해 주었습니다.

3 등장인물의 말과 행동으로 성격을 짐작해 봅니다.

솜은 물에 닿으면 물을 흡수해 무거워진다.

● 솜을 지고 물에 빠졌던 당나귀는 무거워진 솜의 무게에 놀랐습니다.

예 (1) 이름: 헬리헬리 (2) 특징: 2인용 헬리콥터로 바퀴가 달려 땅 위를 달릴 수도 있고, 하늘을 날 수도 있다.(예시 그림 생략)

● 미래의 교통수단을 상상해 봅니다.

3주　교통수단, 사람들 사이를 잇다

예 승용차, 자전거, 비행기를 타 보았다.

1 ③　2 ②　3 **예** 종이, 종이가 있어서 책을 만들 수 있게 되었기

1 가장 오래된 바퀴는 나무로 만든 것입니다.

2 바퀴를 발명하게 되어서 사람들이 힘을 합하여 일했다는 내용은 찾아볼 수 없습니다.

3 인류에게 영향을 준 발명품을 생각합니다.

1 (1) 인력거 (2) 마차 (3) 소달구지(또는 우차)　2 ④
3 **예** 마약 탐지견은 냄새로 마약을 찾아낸다. / 논에 사는 오리는 나쁜 벌레를 잡아먹는다. / 지렁이는 음식물 쓰레기의 분해를 도와준다.

2 바퀴는 원형에 가까울수록 잘 굴러갑니다.

3 사람들이 일상생활에서 동물의 도움을 받고 있는 예를 찾아봅니다.

1 피스톤, 회전　2 ①　3 **예** 저를 뽑아 주신다면 우리 반을 이끌어 가는 튼튼한 엔진이 되어 열심히 일하겠습니다. / 여러분은 대한민국을 이끌 미래의 엔진입니다.

1 '가솔린 엔진은 연료인 가솔린을 태워 그 힘으로 피스톤을 움직이고, 회전 운동을 만드는 장치'라는 부분을 참고합니다.

2 증기 자동차의 속도는 사람이 걷는 속도보다 약간 빠른 정도였습니다.

3 중요한 역할을 하는 사람을 엔진에 빗대어 표현해 봅니다.

3주 83쪽

1 ③, ④ **2** ④ **3** 예 반려동물과 함께 자동차를 탈 때 불편하다. 반려동물을 안전하게 태울 수 있는 반려동물용 좌석을 만들면 좋겠다. / 연료를 넣기 위해 주유소에 가야 하는 것이 불편하다. 집에서 전기 콘센트에 플러그를 꽂아 가전제품을 사용하듯 편하게 주유를 할 수 있으면 좋겠다.

1 물 위나 땅 위에서 두루 쓸 수 있는 자동차를 '수륙 양용 차'라고 합니다.

2 가솔린을 연료로 사용하는 자동차가 환경 오염을 일으키고 있다고 했습니다.

3 자동차를 타면서 불편했던 점을 떠올리고 그것을 개선할 수 있는 방법을 생각합니다.

3주 85쪽

1 증기, 피스톤 **2** ② **3** 예 쓰레기를 연료로 사용하는 열차를 만들고 싶다.

2 증기 기관차가 발전했다고 해서 증기 자동차를 더 이상 안 타게 되지는 않았을 것입니다.

3 열차를 움직일 수 있는 기발한 연료를 상상해 봅니다.

3주 87쪽

1 전기 기관차 **2** ①, ③ **3** 예 내가 제일 좋아하는 선생님과 짝꿍, 귀여운 내 동생과 같이 앉고 싶다.

2 지하철은 정해진 역까지만 운행하기 때문에 목적지까지 가려면 걷거나, 다른 교통수단을 이용해야 하는 경우도 있습니다.

3 얼굴을 마주 보며 즐거운 여행을 함께할 수 있는 사람을 생각해 봅니다.

3주 89쪽

1 ① **2** ①, ④ **3** 예 (1) 신발에 흙이 묻지 않는다. (2) 둥둥 떠 있으면 어지럽고 멀미가 날 것 같다.

2 모노레일에서 '모노(mono)'는 영어로 '하나의'라는 뜻입니다.

3 사람이 땅 표면으로부터 20센티미터쯤 떠 있다면 어떨지 상상해 봅니다.

3주 91쪽

1 ① **2** ①, ② **3** 예 바람이 불지 않으면 돛단배를 움직일 수 없을 것이다.

1 배는 물에 잘 뜨는 재료로 만들었습니다.

2 파피루스로 배를 만든 시대에는 배가 물고기를 잡으러 나가거나 강을 건너는 역할만 했습니다.

3 돛단배의 특성을 생각합니다.

1 ㄹ   2 ①   3 예 (1) 쿠션배 (2) 배의 아래쪽이 쿠션 같기 때문이다.

2 공항은 비행기를 이용하는 데 필요합니다.

3 호버크라프트의 특징은 물 위나 땅 위에 닿을락 말락 하게 떠서 나아가는 것입니다.

1 가벼워진다, 올라간다, 내려온다   2 ①   3 예 열기구는 기구 안을 뜨거운 공기로 채우지만, 비행선은 수소나 헬륨 등으로 채운다. 비행선이 열기구보다 더 높이 올라갈 수 있다. 비행선이 열기구보다 더 많은 사람을 태울 수 있다.

1 열기구는 더운 공기가 찬 공기보다 가벼워서 위로 올라가는 원리를 이용한 것입니다.

2 풍등은 열기구의 일종입니다.

3 열기구와 비행선의 특징을 다시 살펴봅니다.

1 ③   2 ㉠ 양력, ㉡ 추진력   3 예 라이트 형제에게 / 안녕하세요? 전 대한민국의 어린이 김정현이에요. 두 분의 노력 덕분에 비행기는 많이 발전을 했고, 저도 지난 여행에서 처음으로 타 볼 수 있었어요. 정말 감사드립니다. / 20○○년 ○월 ○일 / 김정현 올림

2 ㉠은 양력, ㉡은 추진력, ㉢은 저항력, ㉣은 중력입니다.

3 다른 사람들이 가지 않은 길을 가며 도전을 한 라이트 형제를 생각합니다.

1 공기, 태운다, 가스   2 ①   3 예 어디든 걸어서 이동해야 하기 때문에 힘이 들고 이동하는 데 시간이 많이 걸린다.

3 어디든 두 다리를 이용해서 가야 한다면 어떨지 생각해 봅니다.

1 (1) ①, ②, ③, ④ (2) ④, ②, ③, ① (3) ③, ④, ①, ② (4) ④, ②, ③, ①   2 (1) X (2) ○ (3) ○ (4) X   3 전기 자동차, 지하철

1 전기 자동차는 가솔린 자동차보다 뒤에 발달되었습니다.

2 자기 부상 열차는 자석의 힘을 이용합니다.

3 돛단배는 바람의 힘을, 증기 기관차는 증기의 힘을, 제트기와 플라이어호는 연료를 사용합니다.

예 버스, 지하철 등 대중교통을 이용한다.

● 대기 오염을 일으키는 교통수단을 대체하거나 줄일 수 있는 방법을 생각해 봅니다.

예 휴대 전화로 통화를 할 때는 작은 소리로 용건만 통화한다. / 노약자에게 자리를 양보한다.

● 남을 배려하는 태도를 가지도록 합니다.

4주 명화 속 교통수단

4주 107쪽　　생각 톡톡

> **예** 물살을 가르며 달리는 기분이 상쾌하고 즐겁다.

4주 109쪽

> **1** ①　**2** ④　**3** **예** 제주도에서 처음 말을 타 보았는데, 미끈거리는 말의 근육이 신기했다. 그리고 날렵하게 달리는 모습이 참 멋있게 느껴졌다.

1 선비들이 아름다운 꽃과 들판을 보며 들놀이를 하는 장면입니다.

2 옛날에는 주로 가마와 말을 이용하였습니다. 평교자는 주로 높은 관직의 양반이 타던 가마로, 지붕과 덮개가 없습니다.

3 말의 생김새나 특징을 떠올려 봅니다.

4주 111쪽

> **1** ②　**2** (1) ○ (2) ○ (3) X (4) ○　**3** **예** 낙타는 열고 닫을 수 있는 콧구멍이 있어서 모래바람이 불어오는 사막에서 잘 다닐 수 있다.

1 사막은 일 년 내내 비가 아주 적게 와서 건조한 지역입니다. 하지만 일 년 내내 해가 떠 있는 것은 아닙니다.

2 낙타는 혹 속에 지방을 저장하고 있습니다.

3 낙타의 긴 속눈썹은 모래바람이 눈 속으로 들어오는 것을 막아 주고, 두껍고 넓은 발바닥은 사막의 모래 위를 걸어 다니기에 알맞습니다.

4주 113쪽

> **1** ④　**2** (3) X　**3** **예** 말들이 물을 먹고 힘을 내야 건초를 많이 나를 텐데……. 마차야, 부디 고장 나지 말고 건초를 잘 날라 다오.

1 이 그림은 영국의 어느 시골 마을의 풍경입니다. 집과 사람과 말과 마차의 모습이 자연스럽게 표현되어 있습니다.

3 그림의 제목에 '건초 마차'가 들어가므로 이와 관련된 이야기를 만들어 봅니다.

4주 115쪽

> **1** ④　**2** ④　**3** **예** 끝이 보이지 않을 만큼 긴 행렬을 보니 왕실의 위엄이 느껴지고, 아버지 사도 세자에 대한 정조의 효심이 얼마나 깊었는지 알 수 있다.

1 ①은 가마솥, ②는 도자기 따위를 구워 내는 시설, ③은 머리에 털이 한곳을 중심으로 빙 돌아난 부분을 뜻합니다.

2 수원 화성은 정조가 사도 세자의 묘를 수원으로 옮기면서 만든 성입니다.

3 일찍 여읜 아버지와 어머니 혜경궁 홍씨의 회갑연을 했다는 내용을 바탕으로 생각해 봅니다.

4주 117쪽

> **1** ②　**2** ②　**3** **예** (1) 평온한 오후 (2) 아이가 셋이나 되는데도 엄마는 뜨개질을 즐기고 아기는 잠이 들어 있는 모습이 평온해 보이기 때문이다.

1 '카르셀 거리의 정원'을 보면 '정원'이 꽃이 있는 장소라는 것을 알 수 있습니다. ⓘ은 정해진 인원을, ③은 완전히 동그란 동그라미를, ④는 자격을 가진 구성원을 뜻합니다.

2 유모차는 아기를 태우는 수레로, 1848년에 미국의 바르턴이 최초로 만들었습니다.

3 그림의 느낌을 살려서 제목을 지어 봅니다.

4주 119쪽

1 (1) ○ (4) ○   2 ②   3 예 남자: 자전거를 타기 위해서는 균형을 잡는 것이 중요해요. / 여자: 그건 알겠는데 마음처럼 잘 안 된다고요!

1 유모차와 자전거는 모두 사람의 힘으로 움직이며 사람을 많이 태울 수 없습니다.

3 자전거를 처음 타는 사람에게 꼭 알려 주어야 할 방법은 무엇일까요? 또 자전거를 처음 타는 사람은 어떤 마음이 들까요?

4주 121쪽

1 ③   2 ③   3 예 안녕하세요? 저는 송민지예요. 자동차를 발명해 주셔서 감사합니다. 그 덕분에 주말이면 자동차를 타고 부모님과 여행을 할 수 있어서 정말 좋아요. / 20○○년 ○월 ○일 / 송민지 올림

1 세기는 100년 동안의 기간을 이릅니다.

2 전기 자동차가 가솔린 자동차보다 먼저 발명되었지만 실용성이 떨어져서 자취를 감추었다가 최근에 다시 개발되고 있습니다.

3 자동차가 있어서 좋은 점 등을 떠올려 자동차 발명가에게 하고 싶은 말을 써 봅니다.

4주 123쪽

1 ②, ④   2 ③   3 예 (1) 진주 (2) 진주 남강 유등 축제가 볼거리가 많다는 이야기를 친구에게 들은 적이 있기 때문이다.

1 기차, 전철, 고속 철도와 같이 레일을 이용하는 것을 철도 교통 시설이라고 합니다.

2 철도를 이용하는 것보다 항공편을 이용하는 것이 더 빠릅니다.

3 기차 여행 계획을 세워 봅니다.

4주 125쪽

1 ①   2 ③   3 예 (1) 머무르다 (2) 고향은 내 마음이 머무르는 곳이다.

1 정물화는 물건을 그린 그림, 인물화는 사람의 모습을 그린 그림, 추상화는 점·선·면·색채에 의한 표현을 목표로 한 그림입니다.

2 보트는 작은 강을 건널 때 사용합니다.

3 모양이 바뀌는 낱말은 변하지 않는 부분에 '-다'를 붙여 기본형을 만들고, 모양이 불규칙적으로 변하는 낱말은 규칙을 찾아서 기본형을 만들 수 있습니다.

4주 127쪽

1 (1) ○   2 ④   3 예 내가 사는 지역에는 버스 정류장, 국도, 전철역, 철도, 기차역 등과 같은 교통 시설이 있다.

1 점묘법이란 다양한 색의 작은 점을 이용하여 그린 그림을 말합니다.

3 교통 시설이란 사람과 물자의 이동에 필요한 시설을 말합니다.

4주 129쪽

1 (1) ○ (3) ○   2 ③   3 예 세계 최고의 가수가 되게 해 주세요.

1 사람들은 하늘을 날고 싶어서 기구, 비행선, 글라이더와 같은 여러 가지 탈것을 만들었습니다.

2 '가스 기구'는 공기보다 가벼운 수소나 헬륨 가스를 이용하여 하늘을 날게 만든 것입니다.

3 지금 간절히 바라는 것이 무엇인지 생각해서 써 봅니다.

4주 131쪽

1 (2) ○   2 ④   3 예시 그림 생략

1 복엽기는 날개 두 장이 아래위로 달린 비행기입니다. 19세기 후반의 비행기는 복엽기였고, 프로펠러가 장착되었습니다. (1)은 글라이더, (2)는 복엽기, (3)은 날개가 한 장인 비행기입니다.

2 1903년에 라이트 형제가 세계 최초로 엔진이 있는 동력 비행기를 만들었습니다.

3 루소가 그린 비행기는 초창기의 비행기였으므로, 오늘날 공항 주변에서 볼 수 있는 비행기와 큰 차이가 있습니다.

4주 132~133쪽   되돌아봐요

1 (1) ③ (2) ① (3) ④ (4) ⑤ (5) ⑥ (6) ⑦ (7) ⑧ (8) ②
(9) ⑨   2 (1) ㉠, ㉲ (2) ㉡, ㉢ (3) ㉲, ㉳ (4) ㉣, ㉱
3 ⑧   4 (1) ⑥ (2) ⑦, ⑧ (3) ②, ⑨

1 각 그림에 등장하는 탈것의 이름을 잘 파악해 봅니다.

2 신윤복의 '연소답청'에는 말이, 드샤반의 '기구'에는 기구가, 모네의 '생라자르역'에는 기차가, 루소의 '낚시꾼들'에는 비행기가 등장합니다.

3 돛단배와 항구를 볼 수 있는 그림은 신인상주의 화가인 시냐크가 점묘법을 이용하여 그린 '라로셸 항구의 입성'이란 작품입니다.

4 도로 교통에는 말, 가마, 수레, 자동차 등이, 철도 교통에는 기차, 전철, 고속 철도 등이, 해상 교통에는 보트, 돛단배 등이, 항공 교통에는 기구, 비행기, 우주선, 글라이더 등이 속합니다.

4주 135쪽   궁금해요

예 먼 곳을 편리하고 빠르게 다녀올 수 있으며 가고 싶은 곳을 쉽게 여행할 수 있다.

● 교통이 발달하면 가고 싶은 곳을 빠르고 편리하게 다녀올 수 있고 도시와 농촌이 균형 있게 발전할 수 있습니다. 그러나 환경을 오염시키는 단점도 있습니다.

4주 137쪽   내가 할래요

예시 그림과 답안 생략

● 보기 처럼 여러분이 가장 타고 싶은 교통수단을 그리고, 그 그림을 설명해 봅니다.

세토 시리즈
래빗 포인트

★★ 래빗 포인트 적립하기

🐰 **포인트 번호**

N8PQ-1GMD-0H47-751P

 래빗 포인트란?

NE능률 세토 시리즈 교재 구매 시
혜택을 드리는 포인트 제도입니다.
1권 당 1P가 적립되며, 5P 적립마다
경품으로 교환 가능합니다.
(시리즈 3종 포함 시 추가 경품 증정)

 포인트 적립 방법

1   세토 시리즈 교재 구입
2   래빗 포인트 적립 페이지 접속
    (QR코드 스캔)
3   NE능률 통합회원 로그인
4   포인트 번호 16자리 입력

 포인트 적립 교재

- 세 마리 토끼 잡는 독서 논술
- 세 마리 토끼 잡는 초등 독해
- 세 마리 토끼 잡는 급수 한자
- 세 마리 토끼 잡는 초등 어휘
- 세 마리 토끼 잡는 역사 탐험
- 세 마리 토끼 잡는 초등 한국사

★ 포인트 유의사항 ★

- 이름, 단계가 같은 교재의 래빗 포인트는 1회만 적립 가능하며, 포인트 유효기간은 적립일로부터 1년입니다.
- 부당한 방법으로 래빗 포인트를 적립한 경우 해당 포인트의 적립을 철회하고 서비스 이용을 제한할 수 있습니다.
- 래빗 포인트에 관한 자세한 사항은 래빗 포인트 적립 페이지 맨 하단을 참고해주세요.

NE 능률